「アイリス、
おまえを――愛している」

Contents

悪役令嬢のお気に入り　王子……邪魔っ5

プロローグ
性急な公表

「わしは孫娘のフィオナに王位を譲《ゆず》ることにした」

グラニス王の突然の宣言によって、レムリア国は大騒ぎとなった。

もちろん、フィオナ王女殿下がいずれ王位を継ぐことになると目されていたのは事実だ。しかし、それがいつ、どのような形で、ということは決められていなかった。

根回しをしていない状態での譲位《じょうい》宣言は、誰もが予想していなかったことである。

ゆえに、貴族達はあらゆる手を使い、現状の把握に努めようとしている。事情を知る可能性が高い側の人間であるアイリスもまた、そんな動きに巻き込まれる。

パーティーの翌日。

アイリスは令嬢達が開催したティーパーティーに招かれていた。

主催者はグロリアーナ伯爵令嬢。

以前、令嬢に化けた魔族が起こした事件に巻き込まれ、共犯者と目されそうになったところをフィオナ王女殿下によって救われた、アイリスファンクラブの一員。

彼女が主催するパーティーにはシェリー伯爵令嬢など、同じ境遇《きょうぐう》の令嬢が集まっている。

招待状を一ヶ月くらい前に送ることも珍しくない。にもかかわらず、今回の招待状が届いたのは昨夜。彼女達が急遽パーティーを開催し、ぜひにとアイリスを招いた理由は明らかだ。

「ところでみなさん、昨日のパーティーでの一件はご存じですか？」

世間話の流れから、グロリアーナ伯爵令嬢がおもむろにそんな言葉を口にした。すかさず、シェリー伯爵令嬢が「まあ、一体なにがありましたの？」と相槌《あいづち》を打つ。

「なんでも、グラニス陛下が大変な宣言をなさったそうですわ」

「大変な宣言、ですか？」

シェリー伯爵令嬢は小首を傾げて見せた。

グラニス王が宣言した内容は、昨日のうちに王都に知れ渡っている。ここにいる者達が知らぬはずはないので、意図的に知らぬフリをしているのだろう。

より詳しい人間から話を聞くために。

そんなアイリスの予想通り、グロリアーナ伯爵令嬢は話を続けた。

「残念ながら、私は席を外していたので大変な宣言があったとしか知らないのです。ですが、アイリス様はその場にいらしたのですよね？」

「まあ、ではなにがあったか、アイリス様はご存じなのですね？」

問われたアイリスは心の中でだけ苦笑して、こくりと頷《うなず》いた。

「グラニス陛下が、フィオナ王女殿下に王位を譲ると宣言なさったのですわ」

そう口にした瞬間、令嬢達が「詳しくお聞かせくださいませ！」と言いたげな顔で身を乗り出した。やはり、アイリスからその話を聞くために、お茶会を開催したのだろう。

アイリスとしても、フィオナ王女殿下の庇護下にある――フィオナ派といっても差し支えのない者達に情報を与えるのにやぶさかでない。

とはいえ『わたくしも後手に回っている状況なんですよね』と、アイリスは胸の内で呟《つぶや》き、いま置かれている状況について思いを巡らす。

以前のグラニス王は、王位をフィオナ王女殿下に譲ることに不安を抱いていた。だが、彼女が急成長したことで、その考えをあらためていたことをアイリスは知っている。

しかし、だからといって、いきなり大勢の前で宣言するとは思っていなかった。

なによりフィオナ王女殿下の即位には、アルヴィン王子が王配となって支えることが前提となっているはずだった。にもかかわらず、そっちの件にはまったく触れられていない。

本来、あってしかるべき根回しが一切ない、突然の宣言。つまり、いまのアイリスは、彼女達が欲している情報を持ち合わせていない。

しかし、なにも知らないと白状すれば、アイリスがフィオナ派の蚊帳《かや》の外に置かれていると誤解される。そうなれば、フィオナ派におけるアイリスの地位が揺るぎかねない。

さりとて、貴女達には教えられないと誤魔化《ごまか》せば、彼女達を蚊帳の外に置こうとしていると誤解される。どちらもフィオナ派を揺るがす行為だ。

なんとも厄介な状況。

(お祖父様がもう少し根回しをしてくださっていれば、こんなことにはならなかったのに。まったく、フィオナ王女殿下の祖父だけあって脳筋なんですから)

――と、嘆息するアイリスの脳裏に恐ろしい考えがよぎった。

フィオナ王女殿下が即位した後、他国の人間が女王の教育係に留まることをグラニス陛下はよしとしていない。それゆえに、アイリスの地盤を崩そうとしているのかもしれない、と。

（あり得ない……話ではありませんね）

グラニス陛下は問題を武力で解決しようとする傾向にあるが、決して頭が回らない人間ではない。数十年のあいだ、レムリア国を治め続けるほど優れた王である。

愛する孫娘が相手でも、その判断を鈍らせはしなかった。孫娘が即位するにあたり、邪魔な存在を切り捨てるくらいは当然やるだろう。

もちろん、これらはアイリスの想像でしかないし、それが唯一の可能性だと思っている訳でもない。あくまでも可能性の一つとしてあり得るという話である。

ただ、グラニス陛下の思惑がどうであれ、アイリスの答えは決まっている。

「実は、先日の宣言については、わたくしのあずかり知らぬところなのです」

自分が蚊帳の外に置かれていることを打ち明ける。これが政敵とのお茶会であれば、即座に攻撃材料にされていただろう。そうでなくとも失望されてもおかしくはない。

けれど――

「まさか、アイリス様がご存じないなんて……」

「グラニス陛下はなにをお考えなのでしょう？」

「ですが、アイリス様は直前まで領地を飛び回っておられたのでしょう？　それで、話を聞く機会を失っただけではありませんか？」

彼女達は動揺を見せつつも、堂々と振る舞うアイリスを見下すことはなかった。

もっとも、アイリスを見下す者がいたら、アイリスファンクラブの筆頭、フィオナ王女殿下の耳に入って、フィオナ派から切り捨てられることになるのだが……それはともかく。

アイリスは意識を切り替え、即座に情報収集を試みる。

「グラニス陛下の思惑は機会を得てお尋《たず》ねするつもりです。ところで……みなさんは、フィオナ王女殿下の即位について、どのように考えていらっしゃるのですか？」

陛下から得た情報を与えるとは明言はせずに、代わりに皆の考えを聞かせて欲しいとほのめかす。その意図を察したグロリアーナ伯爵令嬢が即座に口を開いた。

「もちろん、私はフィオナ王女殿下の即位を喜ばしく思いますわ。なんと言っても、フィオナ王女殿下は私達をお救いくださったお方ですから。ねぇ、みなさん」

彼女の言葉に、一糸の乱れもなく令嬢達が首肯《しゅこう》した。それを見届けたグロリアーナ伯爵令嬢はきゅっと唇を結び、再びアイリスに視線を向けた。

「その上で、今回の宣言には疑問が残ります。フィオナ王女殿下の即位は、アルヴィン王子が王配となって支えることが前提、そういう噂がありましたもの」

「……ええ、そうですね」

今世、現在においては真《まこと》しやかに囁かれていた噂でしかない。けれど、グラニス陛下を始めとした者達が誰一人として否定しなかった、信憑性《しんぴょうせい》の高い噂でもある。

「もちろん、最近は違う流れがあったことも存じております。けれど、いまのレムリア国が纏《まと》まっているのは、フィオナ王女派とアルヴィン王子派が互いに味方と認識しているからに他なりません。だというのに……」

グロリアーナ伯爵令嬢はその先を口にしなかった。

けれど、彼女がなにを言いたいかは明白だ。

当然のことながら、戦場を駆ける英雄と称えられるアルヴィン王子を支持する者は少なくない。最近はとくにその勢いが増している。その派閥は、アルヴィン王子が王配になることを前提に、フィオナ王女殿下が女王になることをよしとしていた。

にもかかわらず、先日の譲位宣言では、そのことについて一切の言及がなかった。

二人を婚約させないのであれば、アルヴィン王子の地位を確約するなど、フォローを入れる必要があるにもかかわらず、である。

これでは、アルヴィン王子を排除するつもりだと疑われてもおかしくはない。少なくとも、そのように動揺する者が現れるのは無理からぬことだ。

「グラニス陛下の思惑まで察することは出来ません。ですが、グラニス陛下がフィオナ王女殿下のことはもちろん、アルヴィン王子のことを信頼なさっておいでなのは事実ですよ」

アイリスがフォローを入れるが、彼女達の表情は晴れなかった。結局、アイリスが確認次第、彼女達にも情報を共有するということでお茶会は解散になった。


そうして帰りの馬車に乗り込んだアイリスは思いを巡らす。

フィオナ派に属する者達ですら、アルヴィン王子の扱いに対して不安を抱えているのだ。アルヴィン王子派の者達がどれだけ動揺しているかは想像に難《かた》くない。

グラニス陛下にどのような思惑があったとしても、いま国を二つに割る訳にはいかない。それを防ぐためには情報が必要だ。そして、その情報を集めるためには――

「ネイト、イヴ、あなた達にも働いてもらうわよ」

「なんなりとお命じください、アイリス様」

アイリスの指示に二人が首肯する。

もちろん、アルヴィン王子派や、他のフィオナ派達も動くことになるだろう。これを機に、敵対派閥の者達が動きを活発化させることもあるかもしれない。

一歩間違えば、大きく国が荒れることにもなりかねない。

こうして、レムリア国は一夜にして緊張感に包まれることとなった。

エピソード1
アルヴィン王子の提案

1

「フィオナ王女殿下、こちらの資料は確認なさいましたか？」

「うん、目は通したけど、覚えたかは……まだ自信ないよぅ」

「急に必要になりましたからね。大変だとは存じますが、これからは必要になる知識ですので早急に覚えなくてはいけません。後でテストをしましょう」

「はぁい……」

王城にある一室で、アイリスがフィオナ王女殿下にお勉強を教えている。

煌《きら》びやかなドレスを身に纏い、窓辺から差し込む陽差しを受けてピンクゴールドの髪を輝かせるお姫様は、けれど資料に目を通しながら萎《しお》れていた。

フィオナ王女殿下が睨《にら》めっこしている資料は、この国の貴族とその家族構成、紋章や領地の特徴などが纏められている、国を治める者に必要な知識だ。

本来であれば少しずつ覚えていく類いの知識ではあるが、過去のフィオナ王女殿下は武術に傾倒していた。最近は勉学にも励むようになったが、どうしても目先に必要な知識を優先しがちになっていたため、いまこうしてそのツケを払っている、という訳である。

「でもさ、アイリス先生。領地の特徴なんかは覚えなくちゃダメって分かるけど、家名とかは初対面なら名乗ってくれるでしょ？　それなのに、事前に覚えなくちゃいけないの？」

「無論です。たとえば――」

アイリスは魔法陣を描く要領で、魔力を使って家紋を自分の胸元に描き出した。そうしてフィオナ王女殿下に向かって優雅にカーテシーをしてみせる。

「わたくしはアルティ伯爵家の三女、エリーシアと申します。わたくし、同じ色の髪を持つ王女殿下に憧《あこが》れていたんです。お目に掛かれて光栄ですわ、フィオナ王女殿下」

「え、あっと……初めまして？」

唐突なアイリスの行動の意図が分からず、フィオナ王女殿下は戸惑いながらも応じた。そんな彼女に向かって一歩を踏み出したアイリスが、フィオナ王女殿下の手を握った。

アイリスはにこりと微笑んで――

「フィオナ王女殿下はこれで死にました」

物騒なことを口にする。

もちろん、フィオナ王女殿下は意味が分からず、目を白黒させた。

「フィオナ、おまえはいま、ニセモノの令嬢に接近を許したんだ」

アイリスの背後から声が響いた。いつの間に――と言うにはいつものことすぎるので、アイリスは「いらしていたんですね」と振り返る。

そこには白を基調とした略式礼服を纏ったアルヴィン王子の姿があった。彼はアイリスに微笑みかけると「この時間なら、フィオナに勉強を教えている途中だと思ってな」と口にする。

どうやらアイリスに会いに来たらしい。けれど、アルヴィン王子はアイリスにちらりと視線を向けた後、厳しい視線をフィオナ王女殿下へと向けた。

「さきほどのアイリスの言葉を覚えているか？」

「えっと……アルティ伯爵家の三女、エリーシアと名乗ったよね？　後は……そうだ、髪の色が私と同じだって言ってたかな？」

反芻《はんすう》するフィオナ王女殿下に対してアルヴィン王子が頷く。

ちなみに、アイリスの髪の色はプラチナブロンドで、瞳の色はアメシストのような紫だ。髪の色がフィオナ王女殿下と同じだと口にしたのは、そういう設定だという説明である。

「だが、アルティ伯爵家の三女は流行病《はやりやまい》で亡くなっている。それに、アイリスが魔力で描いた紋章は別の家のもので、その家にエリーシアという令嬢はいるが、髪の色はブラウンだ」

「えっと……それじゃ、つまり？」

「間違いなく貴族令嬢を騙《かた》るニセモノ、あるいは訳ありの令嬢だ。そんな令嬢の接近を無防備にも許し、手を握られるに至った。おまえが死んだというのはそういう意味だ」

「あ、そっか……だから、資料を覚えなくちゃいけないいんだね」

瞳に理解の色を灯《とも》したフィオナ王女殿下を前に、アイリスはこくりと頷いた。

「貴族といっても、王都に出入りが多い者ばかりではありません。そういった者の身元を照会

するには、ここに在《あ》るような資料が必要になります。ですが、必ずしも資料と見比べられるような状況ばかりではありませんから」

貴族の名を騙るのは重罪だ。だが、名を騙ることを重罪としているのは、その気になれば騙ることが難しくなく、その利用価値が大きい、という理由もある。

「分かった、がんばって覚えるよ！」

フィオナ王女殿下はいままで以上に精力的に資料に目を通し始めた。

（この子はやはり、その知識の重要性を知ると頑張る傾向にありますね。ただ知識を詰め込むのではなく、実践形式で覚えさせるのがよさそうです。もっとも……）

その先は心の中ですら思い浮かべず、使用人に席を外すと目線を送る。それからアルヴィン王子を伴って隣の部屋に移動し、ローテーブルを挟んで向かい合い、ソファに腰掛けた。

「授業中に悪かったな」

「……そんな些細なことで謝るなんて、さてはニセモノですね？」

「失敬な。俺とて分別くらいは持ち合わせている」

「どの口が仰《おっしゃ》っているんですか」

いままでのおこないを思い出してくださいと思う反面、アルヴィン王子にはアルヴィン王子の線引きがあるのかもしれないと考えて追及をやめる。

そうして、本題を促すことにした。

「わたくしになにか用事があるんですよね？」

「ああ、確認したいことがあってな。アイリス、おまえはこれからどうするつもりだ？」

「──っ」

　ドクンと、アイリスの鼓動が大きく跳ねた。

　巻き戻り転生を果たしてから一年ほど。アイリスの人生は、前世の自分でもあるフィオナ王女殿下を幸せにするためにあったと言っても過言ではない。

　彼女の側《そば》にいるために尽力し、彼女の敵を排除して、彼女の成長を促してきた。だけど、他国の人間が女王の教育係というのは外聞が悪い──と、グラニス王に言われている。

「いまは……フィオナ王女殿下にお勉強を教えるまでです」

「だが、即位までと言われているはずだ。その後はどうする？」

「考えていません」

「離れる覚悟はあるのか？」

「考えていないと申しました」

　触れられたくないことに触れられ、珍しくアイリスの声が険しくなる。そんなアイリスの内心を見透かしたかのように、アルヴィン王子は目を細めた。

「おまえらしくもない。だが……分かる気はする。実は、そんなおまえにいい話を持ってきた。俺に協力してくれるのなら、おまえがフィオナの側にいられるようにしてやる」

「……それは、本当ですか？」

「ああ。おまえにならいうまでもないことだと思うが、今回のことはなにかと根回しが足りておらず、方々で混乱が起きている。それを鎮《しず》めるのに手を貸して欲しいのだ」

「その対価に、私をフィオナ王女殿下の側に置いてくださる、と？　ですが、女王の教育係が他国の人間では外聞が悪いと、そう仰ったのはグラニス王ですよ？」

グラニス王の言葉は、次代の王でも簡単には覆せない。アルヴィン王子には更に難しいはずだ。なのに、どういうつもりかと訝《いぶか》しむアイリスに向かって、彼はにやっと笑った。

「外聞が悪いのは家庭教師だからだ。役職にこだわらなければ手はある」

「……他の役職、ですか」

たしかに一理ある。

ただし、フィオナ王女殿下と密接な関係になる役職はやはり敬遠されるはずだ。アルヴィン王子は一体どんな役職を考えているのだろうかと首を傾げた。

「その役職、教えてはくださらないのですか？」

「いま教えたら、おまえは自分でその地位を手に入れようとするではないか。それでは取り引きにならない。ゆえに、これは成功報酬だ」

「なるほど。では少しだけ確認させてください。その役職は、いまと比べて、どの程度フィオナ王女殿下の側にいることが出来ますか？」

「まったく同じとはいかないが、明らかに減る、ということはないはずだ。ただし、いまよりも忙しくなる、ということはあるかもしれないがな」

「それは別にかまいません」

　フィオナ王女殿下の側にいられるのなら安い対価である。

（アルヴィン王子ならわたくしに害を為すこともないでしょう。それに、気に入らない内容であれば報酬を蹴って、自分でなんとかするという手もあります）

　いまは選択肢が一つでも欲しい。そんな思惑で話の続きを聞くことにする。

「ではその対価に、アルヴィン王子は具体的にはなにを望まれるのですか？」

「この混乱を収めることだ。陛下は俺とフィオナの婚姻を考えていない。それは、先日の宣言を聞いても明らかだ。俺にとっては予想していたことであるが、俺を支持していた者達には動揺が広がっている。このまま、という訳にはいかぬのだ」

「それは、そうでしょうね」

　この国にはいくつかの派閥が存在したが、最近の二大勢力といえば、フィオナ王女殿下を支持する派閥と、アルヴィン王子を支持する派閥である。

　国を二分するほどの勢力だが、フィオナ王女殿下が女王になり、アルヴィン王子が王配になるのなら、どちらについても同じという認識で纏まっていた。

　だが、アルヴィン王子が王配にならないのならその前提は崩れることになる。グラニス王の思惑は不明だが、このままでは二つの勢力がぶつかり合うことにもなりかねない。

「その混乱を収めるのは望むところですが、アルヴィン王子はわたくしになにをさせるおつもりですか？　わたくしが説得しても、彼らは納得しないと思うのですが……？」

アルヴィン王子派を納得させるには、フィオナ王女殿下が即位後も、アルヴィン王子にそれ相応の地位が約束されると示すしかないだろう。

そして、それが出来るのはグラニス王かフィオナ王女殿下だけだ。

「無論、おまえに説得を頼むつもりはない。ただ、おまえの協力を得られているのといないのとで、各方面への交渉難易度が大きく変わってくるのだ」

アルヴィン王子が、フィオナ王女殿下にとってマイナスになることをするとは思えない。けれど、アルヴィン王子の言葉を鵜《う》呑《の》みにするには情報が少なすぎる。

「仰る通りの事情であれば、フィオナ王女殿下の側にいられるようにしていただくことを条件に、アルヴィン王子に協力することにやぶさかではありません」

「そうか」

含みを持ったアイリスの言い回しに対し、アルヴィン王子はふっと表情を和《やわ》らげて、いつの間にか用意されていた紅茶に手を伸ばした。

そうして一息入れる姿を前に、アイリスはところで――と口を開いた。

「グラニス王が名君であることは存じております。ですが、それならばなぜ、各方面へ根回しをせずに、あのようなことを仰ったのでしょうか？」

　アイリスの疑問に、アルヴィン王子は答えずに口の端を吊り上げた。

「……なんですか？」

「いやなに、おまえは案外鈍感なのだな」

「わたくしが、ですか？」

　予想外の評価に目を瞬いた。賢姫であるアイリスにとっては受け入れがたい評価だが、そのように言われるのは、自分にだけ伝えられていないなにかがあるからだろうと考えを巡らす。

「……アルヴィン王子はなにかご存じなのですね？」

「俺はここ最近は飛び回っていたからな。想像でしかないが……」

　王都を離れて各地を飛び回っていたあいだに、陛下に心変わりが訪れるようななにかがあった。そう受け取ったアイリスはグラニス王の周辺を調べることにする。

「貴重なご意見をありがとうございます。それでは——」

　さっそく調査に乗り出そうと席を立つ。その瞬間、同時に席を立ったアルヴィン王子に手首を摑まれた。彼はローテーブルを回り込み、アイリスをぐいっと引き寄せる。

　不意打ちにバランスを崩した——というか、アルヴィン王子の柔術によってバランスを崩されたアイリスは、よろめいてアルヴィン王子の胸に寄りかかる。

「……なんですか？」

「ふむ、今日のおまえは甘い香りがするな」

「ぶっとばしますよ」

「褒めているだけなのに理不尽な」

「褒めればなにをしてもいいとでも思っているのですか？」

手首を掴まれている腕を持ち上げ、そこから小手を返して手を振り払おうとする――が、アルヴィン王子は巧みにそれを押さえ込んだ。

「……むっ、ではこれでどうですか？」

二人のあいだにあるわずかな隙間、そこを通して掌底《しょうてい》を振り上げる。だが、アルヴィン王子の手に弾かれてしまった。彼の顎《あご》を掠めて伸びた掌底は、アルヴィン王子の首に腕を回しているような形になった。とっさに引き戻そうとするが、その腕も掴まれてしまう。押さえ込まれているのはアイリスだが、傍目にはアイリスから抱きついているように見えるだろう。

「どうした？　ずいぶんと情熱的ではないか」

「ぐぬっ。……アルヴィン王子、最近、反応速度が速くなりましたね？」

以前の彼ならば、回避は出来ても、それを逆手に取るまでには至らなかったはずだ。そう指摘するアイリスに対し、アルヴィン王子はにやっと口の端を吊り上げた。

「俺も以前のままではない、ということだ」

「……以前のままではない？」

アルヴィン王子が訓練を欠かさないことは知っている。だが、それだけではないような気がする――と、アイリスの中でなにかが引っかかった。

だけど、

「アイリスに聞きたい。おまえはフィオナのためなら何処まで出来る？」

アルヴィン王子に質問され、アイリスは即座に意識を切り替えた。

「無論、必要ならば何処まででも」

アメシストの瞳で、アルヴィン王子をまっすぐに見つめる。しばしその視線を受け止めていたアルヴィン王子は小さく頷き、アイリスを腕の中から解放した。

「では、フィオナの即位を円滑におこなうために協力してくれるか？」

「望むところです――と言いたいところですが、少し保留にしていただいてもかまいませんか？　グラニス王にもお話をうかがうつもりですので」

「ああ、もちろんだ。返事はその後でかまわない」

「感謝します」

2

グラニス王の思惑を知るために、アイリスは一番手っ取り早い手段を選択した。それはすなわち、グラニス王に直接話を聞く、という方法である。

普通ならおいそれと取れない方法ではあるが、アイリスはまるで孫娘のように、グラニス王とティータイムを重ねている。従来なら、すぐにでも謁見《えっけん》できるはずだった。

けれど――

「三日後、ですか……」

自室で待機していたアイリスの下に届いたのは、謁見は三日後という言葉。その報告をネイトから受け取ったアイリスは、イヴに髪の手入れを任せながら思考を巡らせる。

「忙しいだけ、という可能性ももちろんありますが――」

社交界は権謀術数《けんぼうじゅっすう》にまみれた世界だ。些細な言葉の揚げ足を取られることも珍しくないため、彼らはその言動の一つ一つに神経を尖らせている。

いつもと違うグラニス王の対応に、なんらかの意図が含まれている可能性は否定できない。

(そもそも、お祖父様はわたくしが謁見を望んだ理由をご存じのはずよ。フィオナが女王になるにあたっての問題、それを解決しようとするわたくしとの謁見は優先度が高いはず。にもかかわらず、三日後を指定してきたということは……)

アイリスが周囲に探りを入れることを、他ならぬグラニス王が望んでいるのかもしれないと独りごちる。アイリスはあれこれ調べてみようと決断した。

とはいえ――と、アイリスは眉を寄せる。

（いざ自分で調べようと思うと、意外とツテは少ないんですよね）

レスター侯爵はアイリスが破滅させたし、レガリア公爵家も似たようなものだ。アイリスがこの国で知り合った貴族はかなりの割合で破滅している。

ゲイル子爵のように無事に昇進した者もいるが、彼は昇進したがゆえに建設中の町へと出向している。今回の一件はまだ耳にも入っていないだろう。

直接誰かから話を聞くことが不可能なら、地道に噂話を拾い集めるしかない。

「そういえば、ネイトとイヴは、わたくしがアニタやクレアにさせているような仕事がしたいと言っていましたね。その気持ちはいまも変わりませんか？」

「はい、もちろんです」

「やらせていただけるのですか？」

ネイトとイヴが即座に応じた。

「子供のあなた達なら使用人の口も軽くなるでしょう。今回の陛下の宣言に対する、使用人達の噂を集めてきてください。まずは――薬草園の職員からです」

「「かしこまりました」」

二人にいくつかの方針を伝えて送り出したアイリスは、出掛ける前にネイトが用意した紅茶を片手に物思いに耽《ふけ》っていた。

（国王が譲位を急ぐ理由なんてそう多くはありません。後継者争いを避けるためだとしたら、今回の行動は逆効果。ならば――）

勘が当たっていれば、ネイトとイヴが薬草園で噂を拾ってくるだろう。外れていて欲しいと願いながら、その可能性が一番高いことを認識している。

アイリスが憂鬱《ゆううつ》な気分を抱えていると、そこにクラウディアとアッシュが訪ねてきた。

「いらっしゃい、二人とも。あまりお相手が出来ずに申し訳ありません」

案内をすると言っていたのに、騒動が起きるたびに先延ばしにしてばかりだ。

「いや、事情が事情だからな。それより、今日は別れを告げに来た」

「え？　隠れ里へ……帰るのですか？」

クラウディアの言葉にショックを受ける。アイリスを前に、アッシュが「俺達は明日、建設中の町へ行くことにしたんだ」と続けた。

「建設中の町へ、ですか？」

「ああ。これから、あの町は交易の中心となる。レムリアとリゼル、それに隠れ里の代表をそれぞれ置くことになっただろう？　その隠れ里の代表に私が立候補した、という訳だ」

「そう、ですか……。寂しくなりますが、ディアちゃんが代表なら安心ですね」

「ほったらかしだったくせによく言う」

「うぐ、すみません。でもほら、リゼルに行くときには立ち寄りますから」

「まぁそうだな、期待せずに待っておいてやる」

相変わらず口は悪いが、彼女はアイリスに向かって手を差し出した。アイリスはその手を取って握手を交わし「必ず立ち寄ります」と約束した。

そうして別れを告げ、今度はアッシュに視線を向ける。

「貴方《あなた》もディアちゃんに同行するのですか？」

「ああ。ここで騎士の指導役を頼まれて、どうするか迷っていたんだが……町のほうで警備役を引き受けることにした。こっちにいたら、……毎日悔しい想いをさせられそうだからな」

「悔しい想い、ですか？」

「なんでもない！　それより、あの王子から逃げたくなったら、いつでも俺に言えよ。そのときは、おまえを攫《さら》いに来てやるからよ！」

アイリスは瞬きを一つ。意図を察して「ありがとうございます」と微笑んだ。だけど、お願いしますとは口にしない。アイリスがいるべき場所はフィオナ王女殿下の側だから。

もっとも、アッシュがその意図を正しく汲《く》み取ったかは分からない。彼は「おうよ」と応じつつも、少しだけ寂しげに笑った。


その後、アイリスは二人の送別を兼ねて晩餐会を開いた。

翌朝、馬車に乗り込む二人を自ら送り出す。二人の乗った馬車が見えなくなるまで見送った後、アイリスはイヴとネイトに視線を向けた。

「さて、あれから一日経《た》ちましたが、なにか成果はありましたか？」

「はい。私とネイトで入手した情報と噂を報告書に纏めてあります。ただ、やはりグラニス王の身辺については、皆の口が堅くて……」

「どれどれ……」

と、アイリスは報告書に目を通す。アイリスが二人に集めさせたのは、グラニス王の噂話や、最近の容態、それに薬草園の状況について。

とはいえ、国王の容態は最高機密にあたる。同じ城の使用人なら知っていることもあるかもしれないと期待したが、さすがにそれらの情報は得られなかったようだ。

他のグラニス王の噂としては、最近のフィオナ王女殿下の著《いちじる》しい成長を喜んでいるというものがあった。これは、周囲の使用人によく零していることのようだ。

最後に薬草園の状況。少し前に上から要請があり、少量ながら、ユグドラシルを定期的に何処かへ送っているという報告があった。

「……これ、ですね」

薬草園はもともと、アイリスが褒美として賜《たまわ》ったものだ。ただし、隠れ里からユグドラシルを仕入れた後は国家事業とするため、アイリスの意思で国の影響下に置くことを承諾した。

とはいえ、総責任者はアイリスだ。アイリスの許可なく、貴重なユグドラシルを何処かへ運び出す。そんなことが可能な人物は限られている。

状況的に考えて、グラニス王である可能性が高い。

「二人ともよくやりましたね。とても有益な情報でした。その調子で引き続き噂を集めてください。わたくしは確認に行きます」

二人をねぎらった後、ユグドラシルを運び出した証拠の指令書を手に取ったアイリスは、その足でグラニス王の主治医に接触をはかった。

陛下の主治医、サウラ子爵。

初老の男性である彼は、王城にある彼の研究室にいた。

「これはこれは、アイリス嬢。わたくしめになにかご用ですかな？」

「はい。薬草園で栽培しているユグドラシルの件です。先月辺りから毎週、一定量が何処かへ運び出されているようなのですが……運び先はここではありませんか？」

「……いえ、なんのことか分かりかねます」

サウラ子爵はアイリスの目を見て答えた。けれど、ユグドラシルの名前を出した瞬間、彼の声や瞳が揺れたのをアイリスは見逃さなかった。

「あの薬草園はわたくしが陛下から賜ったものです。そこで栽培した貴重な薬草が何処かへ流れているのなら、わたくしには確認する義務がございます。サウラ子爵がご存じないと仰るのなら、公式に確認することになりますが……よろしいのですか？」

「それ、は……っ」

サウラ子爵は切羽詰《せっぱつ》まったような表情を浮かべる。それを見たアイリスは、自分の予想が正しかったことを確信した。

グラニス王やサウラ子爵が関わっていないのなら、公式に調べられても問題はない——というか、消えたユグドラシルの行方を確認すると意気込んだはずだ。

だが、サウラ子爵は言葉を詰まらせた。公式のルートを使っていないから——ではなく、グラニス王のために入手したことが公になることを避けたかったからだと判断する。

「ユグドラシルを運んだのはグラニス王の命ですね？」

「……ええ、その通りです」

「用途をうかがっても？」

「……フィオナ王女殿下の教育係を務めるほどの貴女ならご存じでしょう？　陛下の容態については最高機密で、主治医であるわたくしめには話せないことが多々ある、ということを」

「なるほど、道理ですね」

しかし、簡単な薬を作っただけならば、言葉を詰まらせてまで隠そうとするのは不自然だ。隠すことで、逆にグラニス王になにかあったのではと訝しまれる可能性もある。

そして、毒消しに使ったという線も考えがたい。

これは公にはされていないことではあるが、アイリスはグラニス王の体内に蓄積した毒を魔術で排出させた実績がある。もし毒がらみであったなら、とっくにアイリスが呼ばれているだろう。

負傷か病気、あるいは――その答えを主治医の彼から聞き出すのは酷だろう。そう思ったアイリスは、彼に非礼を詫びて踵《きびす》を返した。


主治医の研究室を後にしたアイリスは、その後もいくつか噂話の裏付けを取る。

そうして城内を歩き回っていると、中庭を横切る渡り廊下で、リゼルの使節団の一員である妹のジゼル、それにエリオット王子と出くわした。

気の強そうな顔立ちのジゼルは、プラチナブロンドをツインテールに結び、青いドレスを身に纏っている。意識的にかどうか分からないが、そのドレスはエリオット王子の瞳と同じ色だ。

対して女の子のように愛らしい容姿のエリオット王子は、白い礼服を纏い、その襟元にジゼルの瞳と同じ色、ブルートパーズの宝石をワンポイントとして身に着けている。

「これはエリオット王子、中庭を散策中ですか？」

「ええ。美しいと名高いこの城の中庭を、ジゼルと見学させていただいていました。そういうアイリスさんもお散歩ですか？」

「わたくしも……まぁそのようなものですね」

さすがに噂を集めていたとは言いづらい。それよりも――と、アイリスはちらりと左右に目を配り、エリオット王子とジゼルの距離感をたしかめた。

人にはパーソナルスペースというものが存在する。好意的に思っていない相手に入られると不快に感じる、自分のテリトリーのことだ。

これは一般的に男女で異なっている。女性は自分を中心に円形のパーソナルスペースを持ち、男性は前方に広いパーソナルスペースを持つ傾向にある、と言われている。

ものすごく端的に説明すると、正面から接近すると男性が先に相手を意識する。寄り添うように接近すると、女性が先に相手を意識するようになる、ということである。

それを踏まえて二人を見ると、二人は寄り添うように並んでいる。

エリオット王子にしてみれば、少し近い程度かもしれないが、ジゼルにとっては意識せずにはいられない距離だ。その距離で留まっているということは、ジゼルがエリオット王子に気を許している証拠に他ならない。

もちろん個人差はあるので、すべての人間に当てはまることではない。けれど、姉であるアイリスは、ジゼルが平均よりもパーソナルスペースを広く持っていることを知っている。

ジゼルはエリオット王子に気を許している――と確信した。

そして、エリオット王子もまた、隣に寄り添うジゼルに時折優しい眼差《まなざ》しを向けている。

預言書として現存する、この世界の元となった乙女ゲームのシナリオにあるように、二人が相思相愛なのは疑いようもない事実だ。

まだ完全に二人に対する危機が去った訳ではないけれど、二人なら一緒に乗り越えていくのだろうと、アイリスは確信めいた感想を抱く。

(ジゼルとお付き合いしたければ、わたくしを倒してからになさい——と言うタイミングはなさそうですね。ちょっと残念です)

「……お姉様?」

「なんでもないわ。それより、ジゼルはいつまでレムリアに滞在するつもりなの?」

「交渉内容の摺《す》り合《あ》わせが残っているので、もう少し滞在するつもりです」

「……交渉内容の摺り合わせ? たしかにそれも大事だと思うけど、フレッド陛下にあれこれ報告に戻るのが先じゃない?」

やむにやまれぬ事情があったとはいえ、事後承諾でレムリアの各地を飛び回ることになった。報告するべきことが山のようにあるはずだと指摘する。

「それはそうなんですが……というか、お姉様は分かって言っていますよね? 隣国の王が代替わりするなんて聞かされて、なにも情報を集めずに帰還できるはずないじゃありませんか」

「それは……たしかにそうかもしれませんね」

「分かっていただけたのなら、詳しい事情をお教えいただけませんか?」

探りを入れられるが、実はなにも知らないなんて言えるはずがない。アイリスは「いまはまだ教えられません」と素知らぬ顔で微笑んだ。

「秘密にするなにかがある、ということですか？」

「そんなところです。ただ……もしかしたら、後日報告できることがあるかもしれません。帰還する前に、一度声を掛けてください」

「……姉妹にすら声を掛けずに旅立ったりする薄情者はお姉様くらいですわ」

呆《あき》れ顔で指摘される。

「そんなこともありましたね。では、妹が姉を反面教師にちゃんと学んでいることに期待いたしましょう」

「もう、お姉様ったらっ！」

少し拗《す》ねたような表情。

それを見たエリオット王子が小さく笑い、ジゼルが怒ったような表情をする。

「エリオット王子？」

「いや、ごめんね。いつもしっかりしているキミが、姉の前だとそんなふうになるのかと思うと、いままで以上に親しみが湧いてきたよ」

「も、もう、知りませんっ！」

顔を真っ赤にするジゼルと、やはり少し顔が赤いエリオット王子。イチャついているとしか思えない光景を前に、アイリスは微笑ましいと目を細めた。

こうして二人と今後について軽く打ち合わせたアイリスは、再び噂の確認をして回る。そして最後は、フィオナ王女殿下の下へと向かった。

部屋の扉をノックすると、扉を開けたメイドが顔パスで中へと通してくれる。その部屋の片隅にある椅子、窓から差し込む陽だまりに、ふわふわの髪を揺らしたフィオナ王女殿下が座っていた。

陽だまりの彼女はピンクゴールドの髪を輝かせ、満面の笑みでアイリスを迎えてくれる。

「いらっしゃい、アイリス先生。今日のお勉強はお休みだったよね？」

「はい。フィオナ王女殿下に少し教えて欲しいことがありまして。帰還してから、グラニス陛下とお話しなさいましたよね。なにか、気付いたことはありませんか？」

「気付いたこと？　ああ、そういえば、最近朝が辛いって言ってたかな。なんでも――」

「お待ちください、フィオナ王女殿下」

あっさりと答えるフィオナ王女殿下に、アイリスは思わず待ったを掛けた。

「わたくしが尋ねたことではありますが、国王陛下の体調は最重要機密と言っても過言ではありません。他国の人間においそれと話してはいけませんよ」

「それくらい私だって分かってるよ。でも、アイリス先生を信用しなければ、誰を信用するの？私はちゃんと自分の判断で答えただけだよ」

「……そう、ですか。その……ありがとうございます」

信頼されていると知り、アイリスは照れくさくて身じろぎする。淡いブルーのドレスを揺らしたアイリスは、コホンと咳払いをしてフィオナ王女殿下に向き直った。

「では、その、あらためてお聞きしますが、グラニス王が朝が辛いと仰っていたのですね。他に、どのようなことを仰っていましたか？」

「たしか……そう、ふらつくようになった。老いを感じる……って」

「そう、ですか……」

やはり――という言葉は胸のうちに留めた。

3

そうして情報を集めているあいだに謁見の日がやってきた。

謁見に合わせた格式の高いドレスを纏い、少し早めにグラニス王の下へと向かう。その道中、前方から歩いてくる銀髪の貴公子と出くわした。

赤い瞳を爛々《らんらん》と輝かせる彼は魔族の王、ディアロス陛下である。

「これはアイリス嬢ではないか。これからグラニス陛下にお目通りか？」

「そういうディアロス陛下は、グラニス王との謁見を終えた帰りですか？」

「ああ。帰還の前に挨拶《あいさつ》と、いくつかの許可を求めてな」

「あら、国にお帰りになるのですね」

「人間との和平を望まぬ勢力が完全に消えた訳ではないからな。数日中にはここを発《た》つ予定だ。もう少し、この国を見て回りたい思いはあったが……」

と、ディアロス陛下は背後へと視線を向けた。彼に付き従う使用人の中に令嬢らしき女性が混じっている。顔に見覚えはないが、身に着けるドレスはこの国のデザインのものだ。

「そちらのご令嬢は？」

「彼女はメリル。実家が商売をしていてな。交渉の結果、城下に店を用意することを条件に、我が国に来てくれると言うので、グラニス王にその許可をもらってきたところだ」

「……なるほど、そうだったのですね」

相槌を打ちながら、アイリスは令嬢を盗み見た。特徴と名前から、とある下級貴族の三女を思い出す。大きな力を持っている家ではないが、商売で成功した家だと記憶している。

自分から名乗り出たくらいだ。メリルという令嬢も商売に関するノウハウを持っているのだろう。それを武器に魔族領で商売を始めるなんて、ずいぶんと野心家な娘のようだ。

多少の技術は流出するかもしれないが、両国の未来を考えれば許容の範囲内。なにより、彼女はレムリアの城に滞在する者ではない。ゆえにこの国の機密が漏れる心配はない。

その点は、アイリスのときと大きく違う。グラニス王も、その辺りを考えて了承したのだろう。であれば、アイリスが口を挟むことではない。

そんなふうに考えていると、不意に視界に影が差した。いつの間にか、ディアロス陛下がグッと距離を詰め、アイリスの目の前に立っていた。

ディアロス陛下は手を伸ばし、アイリスの頬に触れる。

「俺としては、おまえに来て欲しかったのだがな」

「ちょっと……っ」

両国の架け橋のために、魔族の国へと行くことを決めた。そんな令嬢の前でアイリスのほうがよかったなどと、失礼にもほどがあると眉をひそめる。

しかし、ディアロス陛下は笑みを深めた。それを見たアイリスは直感的に確信する。ディアロス陛下は分かってやっている、と。

（でも、なぜ？　同行を拒否したわたくしへの意趣返し？　それとも……）

再び令嬢に視線を向けると、案の定というべきか、彼女はその顔に嫉妬《しっと》を滲《にじ》ませていた。アイリスがそれを確認した瞬間、ディアロス陛下がクルリと振り返る。

その瞬間、令嬢がたじろいだ。

「メリルが我が国へ移り住む決断をしてくれたこと、俺は深く感謝している。ゆえに、相応の待遇は約束する。だが、魔族の中には人間に敵意を抱く者も少なくない」

「それは、もちろん覚悟の上ですわ」

「そうか？　だが、我が国に移れば、いまよりも冷遇されることもあるはずだ。いま程度の煽《あお》

りで表情を崩すようなら、我が国に移り住むことは諦めたほうがいい。どうせ、親に実家のためだとかなんとか言われたのだろう？」

厳しいことを言っているが、それは令嬢を気遣ってのことのようだ。それが分かったのだろう。令嬢はきゅっと唇を噛み、それからゆっくりと首を横に振った。

「たしかに、魔族領への移住は、商売のためにと、親に提案されたことです。ですが、決断したのはわたくしです。それに、魔族領へ移り住めば店を持つことが出来るのです。どのような過酷な暮らしが待っていたとしても、諦めるつもりはございませんわ」

「……そうか。そこまでの覚悟が出来ているのなら、止めるのは野暮というものだな」

どうやら、令嬢の覚悟は決まっていたようだ。というか、わたくしを出汁《だし》にしないで欲しいのですが……と、アイリスは独りごちる。

それが聞こえているのかいないのか、ディアロス陛下は続けた。

「ところで、この国の者達は皆、魔族領が過酷な環境だと思い込んでいるようだが、食糧が不足しているという点を除けば、この国にも負けず劣らず発展しているのだぞ？」

「え、そうなのですか？」

令嬢が意外だと言わんばかりに問い返した。

「歴代の魔王のおかげだ。この国では当たり前の物がなかったりするので、最初は不便かもしれぬが、それも交易で解消されるだろう」

言われてみれば――と、アイリスは思いを巡らす。

そもそも、魔族領には魔導具を作るのに必要な魔石が多くあるという。それを有効活用するようになれば、ディアロス陛下が治める国は大きく発展することになるだろう。

（これは、わたくしも密偵を送ったほうがいいかもしれませんね）

そんな考えを抱きながらディアロス陛下に別れを告げた。

それから、あらためてグラニス王の下へと向かう。

通されたのは謁見の間――ではなく、中庭に面したテラス席。お茶会のセッティングが為されたその席で、アイリスはグラニス王と向き合っていた。

「アイリス、なんでもわしに聞きたいことがあるそうだな」

「はい。本来であれば、他国の人間であるわたくしが首を突っ込むことではないと分かってはいるのですが、フィオナ王女殿下の即位の件でどうしてもうかがいたいことがございます」

「かまわぬ。そなたはまだ、フィオナの教育係だからな」

まだという部分にアクセントが付けられていた。アイリスはテーブルの下でスカートをきゅっと握り、「恐れ入ります」と感謝の言葉を述べた。

「ではお尋ねいたします。先日のパーティーでグラニス王が宣言なさった件、アルヴィン王子だけでなく、フィオナ王女殿下すらご存じなかったと聞き及んでいます。なぜ根回しをせず、皆の不意を衝《つ》くような形で宣言なさったのか、その理由をお聞かせいただけませんか？」

「ふむ。そなたはどう思っておるのだ？　わしのことを調べていたのであろう？」

「やはりご存じでしたか」

「無論だ。この城内で起きたことで、わしの耳に届かぬことはない」

それもまたアイリスの想定内である。同時にいまのやりとりから、アイリスがいろいろと調べることを、グラニス王が意図的に見逃していたことも確信する。

「……恐れながら、陛下はご自分の健康状態に不安がおありなのですか？」

ここ数日でアイリスが導き出した結論だ。

アイリスにとっての前世――ここでは正史と定義しよう。その正史でのグラニス王は老衰という名目で死亡している。ただ、実際には毒殺だったので老衰ではない。だから毒を取り払ったいま、グラニス王はまだまだ生き続けることが出来る――と、アイリスは漠然《ばくぜん》と考えていた。

実際には、グラニス王は相当なお年を召しているにもかかわらず、だ。

つまり、アイリスの考えとは裏腹に、グラニス王は自分の死期が近いことを悟っていた。それが、急いでフィオナ王女殿下の即位を宣言した理由に違いない――と、アイリスは結論づけたのだ。

そして、アイリスの予想を肯定するかのように、グラニス王は静かな笑みを浮かべた。

やはり――と胸が痛くなる。

だが同時に、腑《ふ》に落ちないことがあるのも見過ごせない。

「グラニス王に、急いでフィオナ王女殿下に譲位なさりたい事情があることは理解いたしました。ですが、根回しをしなかったのはなぜですか？」

譲位を急ぐ必要があった。これは理解できる。その宣言の場に、人の多く集まるパーティーの場が選ばれた。これも理解できる。

だが、だからといって、根回しをまったくしない理由にはならない。グラニス王はフィオナ王女殿下にすら話していなかった。まるで、わざと根回しをしなかったかのようだ。

「根回しをしなかった理由、か。ならば、そなたに問おう。フィオナが即位するには、どのような根回しをする必要があると思う？」

「それは……もちろんアルヴィン王子の陣営に対する根回しです。アルヴィン王子は、フィオナ王女殿下の王配と目されていました。だからこそ、両派閥が敵対することなく纏まっていたのですから、このままという訳にはいかないでしょう」

「このままではいかない。それはつまり、いまからでも問題はない、ということであろう？」

「それは、たしかに、その通りですが……」

ことをスムーズに運ぶには根回しが必須だ。

しかし、交渉ごとにおいては、最初に無理難題を突き付け、その後にマシな代案を提示することで、相手に妥協させるという手法が存在する。あえて根回しをしなかった部分を、方々に対する無理難題と置き換えれば、理解できない話ではない。

納得は——出来ないけれど。

「……グラニス王は、アルヴィン王子をどうなさるおつもりですか？」

「それはあやつの立ち回り次第だ。だが、フィオナの伴侶にするつもりはない。あいつがそれを望んでいるとは思えぬからな」

「……そう、でしょうか？」

アイリスにとっての前世で、アルヴィン王子は自己犠牲によってフィオナ王女殿下を救おうとした。それが事実なら、アルヴィン王子はフィオナ王女殿下を心より愛していたはずだ。

ゆえに、今世でも愛してるに違いない——と、アイリスは考えている。だが、そんな内心を表情にしたアイリスを前に、グラニス王はなんというか……不憫《ふびん》な子を憐れむような顔をした。

「アルヴィン王子がフィオナを気に掛けているのは従妹《いとこ》だからだ。というか、そなたがその様子では、あれは相当に苦労を強《し》いられそうだな」

「……どういう意味でしょうか？」

「いや、なに、こちらの話だ。それよりも話を戻そう。アルヴィン王子をフィオナの王配にするつもりはないが、蔑《ないがし》ろにするつもりもない。あれはこの国に必要な人材だからな」

「その点は同意いたしますが、一体どのような役職をお与えになるおつもりですか？　王配に匹敵する役職となると、そう多くはありませんが……周囲が納得するでしょうか？」

王子派が納得しなければ、フィオナ王女殿下の治政の邪魔になる。

「たしかに懸念はある。だが、そなたらのおかげで、フィオナを狙う勢力は一掃され、隣国との関係も良好。魔族との関係も好転し、国力も増している。多少の混乱は押さえ込めるはずだ」

たしかに一理ある。

フィオナ王女殿下の命を狙う勢力が残っていたならば、付け入る隙を与える訳にはいかない。双方の想いに関係なく、二人を婚約させるのが無難、という政治判断になったはずだ。

「選択の余地が生まれたため、本人達の意思を尊重する、ということでしょうか？」

「その通りだ。王族に生まれた以上、必要なら政略結婚も仕方がないことだ。だが、必要でないのなら、本人達の希望を叶えてやりたいと思うのが人情というものだ」

そこまで聞いたアイリスは、おやっと首を傾げた。

「では、二人とも婚約を望んでいないのですか？」

「無論、その点は最初に確認した」

「そう、だったのですね」

であるならば、まったく根回しがなかったという訳でもないらしい。

そういえば——と、アイリスはさきほどのやりとりを思い返す。なぜ根回しをしなかったのか？　というアイリスの問いに、グラニス王は明確な答えを返していない。

（少し、混乱してきました）

考えてみれば、ここはグラニス王のお膝元。その気になれば、アイリスが手に入れられる情報も操作できるはずだ。そしていま、実際に偏《かたよ》った情報を渡されている気がしてならない。

「グラニス王は、わたくしになにをお望みですか？」

「では単刀直入に言おう。アルヴィン王子に協力して、アルヴィン王子派がフィオナに恭順《きょうじゅん》するように協力して欲しい」

「それは、アルヴィン王子からも要請されましたが……」

「では、わしからもあらためて頼もう。アルヴィン王子と協力して、フィオナを支えてやって欲しい。わしの可愛い孫娘が、女王に即位した後も、な」

「え、それは、つまり……」

「うむ。わしは以前、他国の人間が女王の教育係では外聞が悪いと言った。その考えはいまも変わってはおらぬが、そなたの存在はフィオナに必要だと思っている」

アルヴィン王子に協力すれば、アイリスがフィオナ王女殿下の側にいられるように協力するという遠回しな提案。それこそ、アイリスが望んでいた言葉に他ならない。

「かしこまりました、グラニス王。フィオナ王女殿下を女王に即位させる。その障害となる存在は、すべてわたくしが取り払ってみせましょう」

エピソード2

フィオナの即位に向けて

1

フィオナ王女殿下が伴侶を持たずに即位する。

そのための根回しとして、アルヴィン王子を擁立《ようりつ》する派閥を説得する必要がある。それにはアイリスの協力が必要だ――と、グラニス王とアルヴィン王子が口を揃えて言った。

であれば、アルヴィン王子に協力することこそ、フィオナ王女殿下を滞《とどこお》りなく女王にする一番の近道である。そう判断したアイリスは、すぐにアルヴィン王子の下を訪ねた。

執務室を訪ねると、クラリッサが顔パスで中に通してくれた。部屋の中に入ると、アルヴィン王子は書類にペンを走らせていた。

白いシャツとスラックスというラフな恰好で、けれど真剣な眼差しを書類に向けている。その姿を眺めていると、おもむろにアルヴィン王子が手を止めて顔を上げた。

「……ん、アイリスか」

「アルヴィン王子、突然の来訪をお許しください」

「いや、かまわぬ……が、おまえが俺の下を訪ねてくるとは珍しいな」

言葉通り意外そうに、けれど彼は「あぁ、そういえば、今日はグラニス王との謁見があったのだったな。それで俺に協力する気になったのか」と口の端を吊り上げた。

「察しが早くて助かります。アルヴィン王子の派閥を説得する協力をするようにと、グラニス王から直々に要請を受けてまいりました」

「つまり、俺に協力してくれる、という訳だな？」

「はい、そのつもりです。ただ、その前にいくつか確認させてください」

「道理だな」

アルヴィン王子がそう言って指を鳴らす。すぐにクラリッサ率いるメイド達が、ローテーブルの上に紅茶とお菓子を並べ始めた。

「おまえの好きなお菓子を用意させた。詳しい話は食べながら聞こう」

アルヴィン王子がソファに座る。アイリスも勧められるままに、アルヴィン王子の向かいの席に腰を下ろした。そうしてアルヴィン王子に視線を向ければ、彼は静かに微笑んでいた。

「……なんですか？」

「今日はずいぶんとめかし込んでいるのだな？」

「ああ、グラニス王との謁見がありましたから」

刺繍《ししゅう》をふんだんに施した、淡いブルーのドレス。嫌味にならない程度に宝石もちりばめられているそれは、一着で小さな屋敷なら建てることが出来るほどの高級品だ。

「いや、それは分かるが……おまえ、パーティーでも、それほどのドレスを着ているところは見たことがないぞ？」

「パーティーはダメです。襲撃を受けて裾《すそ》を破くことになるかもしれませんし、嫌味なご令嬢に、ワインを引っ掛けられるかもしれませんから」

「……そのようなことがあったのか？」

「ワインの件なら、リゼルで何度か」

溜め息交じりに告げると、アルヴィン王子はクツクツと笑った。

「それはまた怖い物知らずな娘もいたものだ。というか、他所《よそ》のご令嬢のドレスを穢《けが》して、弁償せぬ訳にはいかないだろう？」

「ええ。それで令嬢の実家がドレス代を弁償することになり、そのあまりに高額な賠償金に、お相手から泣きが入りまして……」

「泣きが入るほど？　精神的苦痛を、賠償金額に上乗せしたのか？」

「そう思われたようです。実際には、ドレスの代金だけだったんですが……とまぁ、そんなことがあり、わたくしが敵に容赦ない、という噂が広まってしまったんですよね」

当時のアイリスは婚約者の王太子によく思われていなかったということもあり、ワインを掛けた令嬢の実家を破滅に追い込んだ――という噂は面白可笑しく語られた。

「それ以来、パーティーに出席するときのドレスは、そこそこの品質で――と決めているのです。それでも、センスで補うことは可能ですからね」

「ふむ……おまえは妙な苦労をしているな」

――と、アルヴィン王子はクラリッサを手招きし、彼女になにか耳打ちをした。彼女は「かしこまりました」と頷き、すぐに元の位置へと下がる。

アイリスはなんだろうと疑問を抱くが、耳打ちをした以上、自分に聞かせるつもりはない話題だと判断し、素知らぬフリをする。そうして紅茶を一口飲んで、ところでと口を開いた。

「話を戻しますが、確認したいことがあります」

「聞こう」

「グラニス王より、アルヴィン王子の派閥の説得を手伝って欲しいと頼まれました。貴方の派閥は、今回の一件をどのように受け止めていらっしゃるのですか？」

「実のところ、まだろくに話していない。俺が王配にならない――ということすら知らないはずだ。俺が確認中だと伝えたからな」

「それは、また……」

大変だと目を見張る。

事実を知った上で大人しくしているのなら説得はそう難しくない。

だが、事実を知らないのであれば、それを知ったときに騒ぎ立てる可能性が残っているということだ。というか、納得しない可能性のほうが圧倒的に高いはずである。

「アルヴィン王子は自分の派閥を抑えられる自信はおありですか？　いえ、その前に、アルヴィン王子は今回のグラニス王の決定をどう思っているのですか？」

「答えによっては、反逆の意思ありと言われかねない質問だな」

「まぁそうですね。ですから、ここだけの話ということで」

アイリスはそう答えつつ、内心では少し焦りを感じていた。アルヴィン王子の反応から、もしかしたら、彼は納得していないのかもしれないと思ったからだ。

だが、アルヴィン王子はそんなアイリスの心配を笑い飛ばした。

「心配するな。今回の決定に対して、俺はなんの不満も抱いていない」

「そう、なんですか？」

「ああ。といっても、俺にも自分を支えてくれている支持基盤が存在する。その者達のことを考えれば、相応の地位は手に入れねばならぬ――くらいの意識はあるがな」

「相応の地位が、王配だったのでは？」

「そうとも言えぬ。王配だからといって、政治に関われるとは限らぬではないか」

「たしかに……そういうケースもありますね」

とくに政略結婚の場合がそうだ。歴史を紐解いてみれば、異なる派閥を纏めるために結ばれた婚姻であるがゆえに、夫婦で権力争いをする――というケースも珍しくない。

もちろん、フィオナ王女殿下とアルヴィン王子が権力争いをするとは思えないが、それぞれを支持する基盤同士が争う可能性は否定できない。

「……いえ、ですが、それは他の役職でも同じことではありませんか？」

「そこでおまえの出番、という訳だ。フィオナ女王の下、俺が将軍で、アイリスが宰相。そういう形に持っていこうと考えている」

「――はあっ!?」

あまりのことに、アイリスは一瞬遅れて驚いた。

「ふっ、おまえがそんな顔をするとは、もったいぶって教えた甲斐《かい》があったというものだ」

「それは驚きますよ。宰相って、実質国のナンバーツーではありませんか！」

「内政面ではその通りだな。だが、権力面でいえば、将軍がそれに匹敵する地位となる」

「いえ、それはそうですけど、そうではなくて。他国の人間が女王の教育係をしているのは外聞が悪いという理由で解雇されそうになっているのに、本末転倒ではありませんか」

「無論、他国の人間のままであればそうなるだろう。ゆえにグラニス王は、いままでの功績によって、おまえに爵位を与えるつもりでいる」

「グラニス王も承知していらっしゃるのですか？　というか、わたくしをこの国の貴族に？」

アイリスは貴族の娘であって、爵位を持つ貴族ではない。賢姫の称号は似たような権力を有しているが、やはり爵位とは異なるものだ。

この国で爵位を得ることになれば、正式にこの国の人間を名乗れるのはたしかだ。

「しかし、爵位を得たからと言って、それですべての人間の意識が変わる訳ではないでしょう？わたくしをリゼルの回し者として、警戒する者も現れるのではありませんか？」

「まさにそれが狙いだ。女王フィオナの下、俺とおまえが両翼を担《にな》う。俺とフィオナという対立の図式から、俺とおまえという図式にすり替える訳だ」

「ちょ、ちょっと待ってください」

アイリスは珍しく混乱している。

アルヴィン王子に待ったを掛けて、急いで話の整理を始めた。

まず、アイリスがこの国の人間になったと仮定して、賢姫が宰相になることは不可能ではない。というか、必要ならば、アイリスはあらゆる手を使って宰相になる覚悟がある。

だから問題はその後だ。

フィオナ王女殿下とアルヴィン王子が牽制《けんせい》し合うという形から、アイリスとアルヴィン王子が牽制し合うという図式に持っていくのは悪くない発想である。

アイリスとアルヴィン王子が調整を誤《あやま》らなければ、互いの勢力が蹴落とし合うのではなく、どちらが女王の覚えをめでたく出来るか、という方向に誘導することが可能だからだ。

ただ、それには大きな落とし穴が存在する。

「わたくしには、貴方に対抗できるほどの派閥がありません」

いくらなんでも、アイリス個人とアルヴィン王子派という図式は無理がある。

「アイリスファンクラブという立派な派閥があるだろう」

「…………？？？」

キョトンと瞬いた、アイリスは自分のファンクラブの存在を正しく把握していなかった。なんか、自分のファンクラブがあるらしいけど……くらいの認識だったのだ。

自分のファンクラブが、この国の中枢、それこそアルヴィン王子派にまで影響を及ぼせると聞かされたアイリスは目を大きく見張った。

「そ、そんなことになっているとは夢にも思いませんでした」

「おまえは意外と自分のことには鈍感だからな」

「……失敬なと言いたいところですが、否定できません」

ぐぬぬと唸って、小さな溜め息をつく。

「どうだ、存外なんとかなりそうだろう？」

「フィオナ王女殿下の即位後はなんとかなるかもしれませんが……わざわざ対抗勢力を増やすような真似、アルヴィン王子の派閥が納得しないのではありませんか？」

アイリスがいなければ、アルヴィン王子はフィオナ王女殿下とナンバーワンの座を賭けて争うことになる。だが、アイリスが介入することで、アルヴィン王子とアイリスがナンバーツーの座を賭けて争うことになる。情勢は安定するとしても、アルヴィン王子の地位は低下することになる——と、そこまで考えたアイリスは、ハッと閃《ひらめ》きを得た。

「……もしかして、根回しがなかったのは、だからですか？」

アルヴィン王子に王配ではなく将軍の地位を約束した後、さらにはその地位を脅かすように、アイリスに宰相の地位を渡すなどという話をしたら、アルヴィン王子の派閥は納得しない。

だが、アイリスを宰相の地位に推す声がある――と、その話を聞かせた後に、それに対抗する形で、アルヴィン王子を将軍の地位に就けるという情報を伝える。

彼らはアイリスへの対抗策として、その提案を受け入れるだろう。

「無論、口で言うほど簡単な話ではないと理解している。だが、アイリス、おまえが協力を約束してくれるのなら、俺は派閥を上手《うま》く纏める自信がある」

「……たしかに、ここで重要なのは両者のパワーバランスですものね」

アイリスとアルヴィン王子が上手くバランスを取り合えば、派閥を押さえ込むのも難しくはないはずだ。少なくとも、フィオナ王女殿下の地位を脅かすよりは格段にいい。

「ただ、この方法には重要なことが一つある。それはアイリス、おまえの覚悟だ」

貴族令嬢、それも賢姫が他国の人間になるには覚悟がいる。

出奔《しゅっぽん》して生活しているだけのいまとは訳が違う。

だけど――と、アイリスは思いを巡らせた。

(わたくしはフィオナに、前世の自分に幸せになって欲しい)

アイリスが前世の記憶を思い出したのは、婚約破棄を突き付けられた直後だった。

前世では城を追放され、今世では婚約を破棄された。

だからこそ、アイリスはまだ救うことが出来る前世の自分を救おうとした。フィオナ王女殿下の幸せのためならば、アイリスはどんなことだってする覚悟である。

だから――

「分かりました。わたくしが宰相になることですべてが丸く収まるのなら、否と言うつもりはありません。その方向で、アルヴィン王子に全力で協力いたします」

「……賢姫に二言はないな？」

「もちろんですわ」

2

フィオナ王女殿下が滞りなく女王になれるよう、アイリスは宰相の座を目指すことにした。

とはいえ、なりますと言って、簡単になれる地位ではない。グラニス王の後押しがあったとしても、アイリスが宰相になるのは難しいだろう。

その辺り、アルヴィン王子は「俺に任せておけ」と頼もしいことを言っていた。アルヴィン王子がどうやって周囲を説得するつもりか知らないが、ひとまずはお手並み拝見である。

それに、アイリスには並行してやることがある。フィオナ王女殿下が即位するのに必要なのはなにも、アルヴィン王子派を纏めることだけではない。

何処の派閥にも属さない者も少なくないので、そういった者達を納得させなくてはいけない。

そのために必要なのは、フィオナ王女殿下に実績を挙げさせることである。

もちろん、フィオナ王女殿下に実績がない、という訳ではない。干ばつの危機を防いだ一件はもちろん、隠れ里や魔族との交易についても、フィオナ王女殿下は関わっている。

ただし、フィオナ王女殿下の主導の下に――と言えない出来事が多い。失敗してもフィオナ王女殿下に責任が及ばぬよう、手伝いという立ち位置で関わらせていた弊害《へいがい》である。

ちなみに、この辺りをどうするのか――と、グラニス王やアルヴィン王子に尋ねたところ、期待しているという答えが返ってきた。

(普通はそんな重要なことに、他国の人間を関わらせないようにするものなんですけどね)

それなのに、アイリスを関わらせるのは、本気で自国の人間にするつもりだから。つまりは信頼してくれている証拠であり、アイリスはその信頼に応えたいと思っている。

なにより、自分の居場所を作りたいと、そう願うアイリスに手を抜くつもりはない。

そして考える。

フィオナ王女殿下が皆に認められるような功績とはどんなものか、と。彼女は女王になるべき人間であり、同時に剣姫でもある。そう考えたアイリスは一つの結論に至った。

ただし、それをアイリスが実行しては意味がない。あくまで、フィオナ王女殿下が思い付いたことだという体《てい》を保ち、それを全面的に押し出していく。

そのためには――と、アイリスはディアロス陛下の下を訪ねた。エリスの許可を得て部屋に入れば、部屋着を着崩した気怠げなディアロス陛下がソファに寝そべっていた。

「いえ、まぁ、いいんですが……」

他国の人間に会う魔王として、それはどうなのかと半眼になる。だが当のディアロス陛下は気にしたふうもなく、「アイリスではないか。我が国に来る気になったのか？」と笑う。

「残念ながらそうではありません。ディアロス陛下にお尋ねしたいことがあったのです」

「……ほう？　どうやら真面目な話のようだな」

彼はそう言ってソファに座り、アイリスに向かいの席を勧めてくる。アイリスはそれに従ってソファに腰掛け、実は——とさっそく切り出した。

「魔族は魔物を従えていますよね。それは人間にも真似できますか？」

「……なるほど、魔物の被害をなくしつつ、労働力として扱いたい、ということか。だが残念ながら、魔物を従えることが出来るのは上位の存在——魔族だけだ」

「そう、ですか……」

残念な答えではある。だが、アイリスもその答えは想定していた。だからこそ、そこから一歩踏み込んだ提案を口にする。

「では、魔族が魔物を従え、魔族領へ連れて行くことは可能ですか？」

「それならば不可能ではない。ただし、周囲に散らばる魔物を集結させるには相応の力を持つ魔族が必要だ。たとえば、エリスくらいの、な」

「彼女ですか……」

エリスは先の襲撃で襲いかかってきた魔族の中でも群を抜いて強い。武力がすべてという訳ではないのだろうが、魔族にとって重要な人物であることは間違いないはずだ。

「彼女の力を貸してください――と申し上げれば、対価になにを望まれますか？」

「アイリス、おまえが俺の第二夫人になる、というのはどうだ？」

「他の案でお願いします。わたくしはレムリアに骨を埋める覚悟を決めています。一時的に魔族の国を訪ねることはあっても、貴方に嫁ぐことはありません」

「そうか……では、なになら出せるのだ？」

聞き返されたアイリスは、そうですね……と視線をエリスへと向けた。

「エリス、貴女が魔物を使役《しえき》して、魔族領へ送るなど、周囲に被害が出ないようにしてくださるのなら……毎日ケーキを食べ放題にいたしましょう」

「引き受けましょう」

「ありがとうございます」

「待て待て待て」

即座に応じるエリスに対して、アイリスはこれ幸いと話を進めようとするが、そこに少し慌てたディアロス陛下が待ったを掛けた。

「エリス、俺への忠誠心は何処へ行った」

「ディアロス陛下、ケーキはとても甘いのです」

「……そうだな。それで？」

「それ以上に語ることがありますか？」

「…………」

ディアロス陛下が呆《あき》れている。

さすがに不味いと思ったのか、エリスはコホンと咳払いをした。

「それに、ディアロス陛下に対する対価は、アイリス様が用意してくださるはずです」

え、わたくしですか？　という言葉はとっさに飲み込んだ。アイリスはすぐに頭を回転させて、ディアロス陛下にどのような利益を与えられるか考えを巡らせた。

「……そういえば、魔族は魔物を労働力にしているのですよね？」

「一応はな。だが、魔族領では作物があまり育たない。これからは改善するかもしれぬが、いまは労働力が余っているくらいだ。魔族領へ魔物を送ることは、こちらの利にはならないぞ」

労働力として送るという提案は先んじて拒絶される。ならばと、アイリスはすぐに次の案を思い浮かべた。

「では、この国で魔物を働かせ、その対価をお支払いするという形ではいかがですか？　たとえば、この国で作物を育てさせ、その何割かを魔族領へ提供する、とか」

「ほう？　それは悪くない提案だ。だが、おまえにそんなことを決める権限はあるのか？」

「わたくしにはございません。ですが、フィオナ王女殿下に進言することは可能です。そもそも、魔族なら魔物を操れないかと提案なさったのは、フィオナ王女殿下ですから」

「なるほど、あの娘か。やはり、我が息子の嫁に――」

「ぶっとばしますよ」

反射的に口にして、それからアイリスはコホンと咳払いをした。

「ご存じのことと思いますが、フィオナ王女殿下はこの国の女王となられる方。他国へ嫁ぐことは出来ませんわ」

「ふむ。ならば、息子を婿入りさせるのはどうだ?」

「……それは、なんとも言えません。本人に聞いてください」

フィオナ王女殿下が望まないのなら、アイリスはどんな手段を使ってもそれを阻止するつもりでいる。だがもしも望むのなら、無理に引き裂くような真似をするつもりはない。

(フィオナ王女殿下を口説きたければ、わたくしを倒してからになさい、くらいは言うかもしれませんが……それは前世の自分のことなんだから、当然の権利ですよね)

横暴なことを考えつつ、アイリスはフィオナ王女殿下に話を通す段取りをした。


そうしてディアロス陛下の下を去ったアイリスは、ディアロス陛下がこの国に留まっているうちに出来るだけ話を進めようと、すぐにフィオナ王女殿下の下へと向かった。

突然の来訪にもかかわらず、フィオナ王女殿下は笑顔でアイリスを迎えてくれた。

「アイリス先生、急ぎだって聞いたけど、どうかしたの？」

「フィオナ王女殿下が以前、魔物を操れないかと仰ったことを覚えていますか？」

「そういえばそんな話をしたね。いろいろ騒動があって忘れてたよ」

「はい、実はわたくしも同じ理由で忘れていました」

賢姫らしからぬ失態だが、発生した事件を考えると無理もない。それでも己を恥じつつ、アイリスはそれを思い出した経緯を口にする。

「フィオナ王女殿下が女王に即位するにあたり、周囲を納得させるにはより大きな功績を挙げるのが一番です。そこで、なにかないかと考えていたのですが……」

「その話を思い出したんだね。それじゃもしかして、魔物を操る術を教えてもらえたの？」

「いえ、残念ながら。魔物を従えられるのは魔族の特権のようです」

「うぅん、そっか……魔族が隠しているって可能性はないかな？」

「もちろん、その可能性はあります」

切り札として、その方法を隠している可能性は否定できない。よく気付きましたね――と、アイリスはフィオナ王女殿下に微笑みかけた。

「じゃあ、相応の対価を用意すれば、教えてもらえる可能性はあるかな？」

「零《ぜろ》ではありませんが、実際に奥の手があるか分かりませんし、あったとしても、相当な対価を差し出さなければ教えていただける可能性は低いでしょう」

他になにか方法はないでしょうか？　とアイリスは独りごち、頬に人差し指を添えて悩むフリをする。それを見たフィオナ王女殿下は、アイリス先生の役に立つチャンス！　とでも言いたげに目を輝かせながら考え込んだ。

「うーん、うーん……あっ、魔族の人に頼むとかはどうかな？」

「なるほど、よいアイディアですね。ですが、魔物を従えられるような魔族に協力してもらうには、相応の対価が必要ですよね。どのような対価なら協力を得られるでしょう？」

続けて分からないフリをする。

アイリスのプランに及ばなくてもいい。フィオナ王女殿下自身の意見を出せれば合格。その上で、アイリスと同じ水準にまで届けば優秀。もしも、アイリスの答えを超えるようなことがあれば、最優の評価を与えられると考えていた。

だから――

「あ、エリスさんをケーキで釣るのはどうかな？」

「――っ。こほっ……んんっ」

アイリスと同じ――ただし、半分冗談だったほうの意見を聞かされたアイリスは、反射的に吹き出しそうになって咳払いをした。

「そ、その発想は何処から出てきたんですか？」

「だって、お茶会の席に現れたときとか、ケーキにすっごく食い付いていたよね？　それに、魔族領って食糧事情が思わしくないんでしょ？　ケーキとかの甘味を食べられる環境って、エリスさんには魅力的に映るんじゃないかなぁって」

「……なるほど」

　フィオナ王女殿下は城下町の一件に同席していない。つまり、アイリスよりも情報の少ない状態。にもかかわらず、その発想を思い付くとは、エリスのことをよく観察している。

　そのうえ、魔族領の食糧事情も合わせて考えている。

（本当に立派になりましたね）

　前世のアイリスが同い年だった頃は、それこそ脳筋真っ盛りだった。アイリスは、前世の自分がいかに未熟だったのかを思い知ると同時に、フィオナ王女殿下の成長を心から喜ぶ。

「たしかにエリスは乗り気になってくれると思います。ただ、彼女はおそらくディアロス陛下の側近です。ディアロス陛下の許可なくして、彼女に協力を求めるのは不可能ですよ」

「それなら簡単だよ」

「……え？」

「エリスさんは何処かの町に滞在してもらえばいいんだよ。魔族としては、喉から手が出るほど、この国の技術が欲しいはずでしょ？」

フィオナ王女殿下の意見を聞き、アイリスは静かに目を見張った。

農業を始めとした技術の提供は取り引きに含まれている。それ以外の技術だって、人間と魔族で交易をする以上は流出を避けられない。だけど魔族側にしてみれば、少しでも速く、少しでも多くの技術が欲しいはずだ。貴族の娘を一人、連れて帰るだけで満足しているとは思えない。大手を振るって技術を得られる機会を交渉材料にすれば飛びつくだろう。

(悪くない手……いえ、期待以上の案が出てきましたね)

「よい案だと思いますが、問題がございます」

分かりますか？　と問い掛けると、フィオナ王女殿下は「んーっと」と、頬に人差し指を添えて考え始める。そしてあっと言いたげに目を輝かせた。

「住民が怯えるかもしれない、という点かな？」

「ええ、その通りです。エリス一人ならどうにでもなりますが、使役した魔物の群れが町の付近に集まっているような状況は、相当な不安を与えることになると思います」

もしも魔物が暴れたら――と、人々は不安を感じるだろう。

「エリスを町に滞在させるとなれば、魔物の群れを使役する場所も町の付近になります。住民の説得が必須ですね」

「じゃあ、魔物を魔族領に送るのはどうかな？　あっちはこれから農業も盛んになるはずだし、労働力は必要だよね？」

「それが二つ目の問題です。ノウハウがあっても、極寒の地であることには変わりないので、生産力を増やすのは徐々に、ということになるようです。なので、当面のあいだ、魔族に食い扶持《ぶち》を増やす余裕はないそうです」

「そっかぁ……じゃあ、どうしよう」

　アイリスは少し考える素振りを見せ、ここまでフィオナ王女殿下が自分で考えたのなら、少しくらい手助けをしても、フィオナ王女殿下の功績を奪うことにはならないだろうと考える。

（わたくしのアイディアをいかに、ザカリー元王太子のアイディアに見せかけるかに苦心していた、あの頃とは雲泥《うんでい》の差ですね）

「フィオナ王女殿下、建設中の町にエリスを滞在させるのはいかがでしょう？　あの町なら、様々な技術を得ることが出来ます。ディアロス陛下も納得するはずです」

「そうだね。でも……町の住民はどうやって納得させるの？」

「あの町には事業に関わっている者しか住むことが決まっていません。一般公募では、納得した者だけを受け入れればいいのです」

　これから交易の拠点として発展していくであろう新天地。多少の危険は覚悟の上で、移住を希望する人間は数え切れないほどいるはずだ。

　むしろ、ふるいに掛ける手間が省けるまで考えられる。

「問題なのは、リゼル国との交渉や、隠れ里に住む者達の説得ですね」

「そっか。レムリアだけで決めることは出来ないよね。ということは、隠れ里やリゼルにも利を配らないと説得できないのかぁ。どうしたらいいかなぁ？」

「そうですね。リゼルはレムリアと同じような状況ですから、魔物による被害が減ると言えば受け入れてくれるでしょう。問題は隠れ里ですが……ディアちゃ……クラウディアは現実主義なので、魔物による被害を減らせると証明さえできれば、隠れ里の住人を説得してくれるはずです」

「そっか……そうすると、使役した魔物の群れをどうするか、だね」

「それについても案があります」

使役した魔物で農業を営み、魔物の管理を行うことでクラウディアを納得させる。そして、作物の何割かを魔族領に送るという条件で、ディアロス陛下と交渉すればどうかと提案した。

それを聞いたフィオナ王女殿下が少しだけ拗ねるような素振りを見せた。

「どうかしましたか？」

「だって、アイリス先生は最初からその案を思い付いていたんだよね？　それなら、人里から離れた地に農場を作ればいいんだよね？」

「いえ、エリスの性格的にそれは難しいでしょう。それに、技術の提供をちらつかせれば、利益の配分に対する交渉面で有利に立つことが出来ます」

そうして分配の比率に余裕が出れば、付近で魔物を使役することに対する危険手当として、隠れ里やリゼルに分配することも出来る。

フィオナ王女殿下の案は、交渉をスムーズに運ぶ妙案だった。

「そっか……じゃあ、私の案、役に立ってる？」

「もちろんです。魔物の群れを使役すること自体、フィオナ王女殿下が思い付かれたことですし、これはフィオナ王女殿下のお手柄ですよ」

「えへへ……」

ちょっぴり照れるフィオナ王女殿下が可愛らしい。

立派に成長しても、可愛らしさは少しも損なわれていないことに喜びつつ、「フィオナ王女殿下、さっそく話を進めましょう」と促す。

「エリオット王子の一行はまだこの城に滞在中だよね。クラウディアさん達は……」

「もう出立済みです。ただ、建設中の町に滞在しているはずですよ」

「そうなると……ディアロス陛下やエリオット王子と事前に摺り合わせをおこなって、建設中の町へ移動して隠れ里と交渉、その結果を持ってリゼル国へ行く感じかな？」

「はい、それがよろしいかと」

3

そこからは怒濤《どとう》の忙しさだった。

まずは魔族との交易についての報告。レムリアの重鎮《じゅうちん》達が集まった会議で、フィオナ王女殿下は魔族の力を借りて、魔物を使役する案を議題に挙げた。

アイリスも魔族との話し合いに参加した当事者として同席しているが、魔物を使役する案には、不安の声や、本当に可能なのかという疑問の声が多く上がっていた。

けれど、グラニス王が「その件はフィオナに一任する」と発言したことで周囲は沈黙した。

グラニス王より一任されたことで、その件の功罪はすべてフィオナ王女殿下のものとなる。

これが、フィオナ王女殿下が女王になるための最初の試練だと皆が理解したのだ。

こうして、グラニス王の後押しを得たフィオナ王女殿下はすぐに行動を開始した。

まずはディアロス陛下と協議するが、彼はすぐにでも国へ帰ると宣言していたため、話し合いは迅速におこなわれた。魔族の取り分だけを決めて、リゼルや隠れ里との交渉はフィオナ王女殿下に委《ゆだ》ねられることとなる。

そして、次はエリオット王子達との交渉である。

フィオナ王女殿下から提案を聞かされたエリオット王子とジゼルは——

「外壁に使うモルタルの件から始まって、ジゼルが精霊の加護を授かった件。それに魔族との交易の交渉権を与えられたと思ったら……今度は魔物の使役ですか？」

「まだ一件も陛下やお父様に直接報告できていないのに……」

若干目が虚《うつ》ろになっていた。

こうして、世間に揉まれて成長していくんだね――と、彼らが無茶振りの対応に追われている元凶のアイリスは他人事である。

とにもかくにも、フィオナ王女殿下は彼らと摺り合わせをおこない、共に建設中の町へと向かい、その後はリゼルで詳細を話し合う、という提案をした。

もちろん、彼らに断るという選択肢は存在しない。

その日のうちに建設中の町へ向かう馬車の編成が始まり、翌日の朝には出発することになる。その馬車の前、アイリスはキョロキョロと周囲を見回していた。

「アイリス先生、どうかしたの？」

「いえ、神出鬼没《しんしゅつきぼつ》のアルヴィン王子が珍しく姿を見せないので、どうしたのかな、と」

「あれあれ、アイリス先生、もしかしてお兄様がいないと寂しい？」

「……フィオナ王女殿下、今日は珍しく寝ぼけていらっしゃるのですか？」

フィオナ王女殿下にそんなことを言われるとは思っていなくて、アイリスはパチクリと瞬いた。これがアルヴィン王子の発言なら、ぶっとばしますよ！　と手が出ているところだ。

「結構本気で言ったんだけどなぁ」

「あり得ません。というか、その言い様は、来られないことをご存じなのですか？」

「うん。お兄様は自分の派閥を纏めるのに走り回ってるよ」

「そう、ですか……」

アイリスは思わず、フィオナ王女殿下の顔色をうかがってしまった。

アルヴィン王子がどう思っているかはともかく、彼の派閥の者達は、自分達の推すアルヴィン王子が権力を持つことを望んでいる。フィオナ王女殿下は、アルヴィン王子が自分の地位を脅かすという心配はないのだろうかと思ったのだ。

「……どうしたの、アイリス先生。私の顔をじっと見たりして」

「いえ、その、フィオナ王女殿下はアルヴィン王子を信頼なさっているのですね」

「もしかして派閥のこと？　それなら心配してないよ。だって、お兄様がどうやって纏めるつもりか聞いたから」

「ああ、ご存じだったのですね」

アルヴィン王子とアイリスが双翼となって牽制し合い、女王となったフィオナ王女殿下を支える。その話を聞いて安心しているということは、アイリスを信頼していることに他ならない。

そう思って表情を綻《ほころ》ばせるアイリスに、フィオナ王女殿下は「私は意外だったよ」と言った。

「意外、ですか？」

「だって、アイリス先生があんな提案を呑むとは思わなかったから」

「別に不思議ではありませんよ。フィオナ王女殿下の側にいるには有効な手ですし。とはいえ、宰相の地位をいただけるとは思っていなかったので、わたくしも少し驚きましたが」

フィオナ王女殿下は瞬きを二つ。それからきゅっと目を瞑《つむ》ると、すぐに目を開いてアイリスを見上げ、満面の笑みで言い放つ。

「それだけ、アイリス先生が評価されてるってことだよ！」

少し引っかかりを覚えるアイリスだが、「それより、交渉についておさらいをさせて」と頼ってくるフィオナ王女殿下を前に、その違和感はすぐに忘れてしまった。


その後、一行はすぐに建設中の町へと出立した。

メンバーはレムリアからアイリスとフィオナ王女殿下。リゼルからエリオット王子とジゼル。それに魔族の代表としてエリス。加えて、それぞれの使用人や護衛達である。

そうして数日ほど馬車旅が続く。城に上がってくる魔物の目撃情報は少なくないのだが、一行が大所帯だからか、いまのところ魔物の襲撃は発生していない。

そんなある日の昼下がり、馬を休ませるために一行は小川の近くで休憩を取ることにした。

アイリスが川を眺めていると、側にジゼルが寄ってきた。

ジゼルはそのままアイリスの隣にしゃがむと、小川の水に指先を浸した。そうして指先で川の水を弄《もてあそ》びながら、ぽつりと問い掛けてくる。

「お姉様はこれからどうなさるおつもりですか？」

「ずいぶんと抽象的な質問ですね」

そう答えながらも、アイリスはその質問の意図を正しく理解していた。そして、それが避けられぬ質問であることも理解している。アイリスはジゼルが指先で川の水を掻き混ぜるのを眺めながら次の言葉を待つ。ほどなくして覚悟が決まったのか、ジゼルは静かに言葉を続けた。

「お姉様は……リゼルに帰るつもりはないのですか？」

「建設中の町で会議を終えれば、その後はリゼルに向かうことになるでしょう」

「……そう、ですか」

ジゼルの質問は、リゼルを出てレムリアに永住するつもりか、というものだった。それに対し、アイリスは答えをはぐらかした——訳ではない。

帰るのではなく、向かう。

その一言に自分の想いを込めたのだ。

「……お姉様は、リゼルが嫌いになってしまったのですか？」

「そういう訳ではありませんが——」

何気なくジゼルに視線を向けたアイリスはぎょっとする。自分の妹が、儚《はかな》げな見た目ながらも強い心を持つはずの彼女が、まるで親に捨てられた子犬のような顔をしていたからだ。

「お姉様は、わたくしのことが嫌いになってしまったのですか？」

「そんなはずないでしょう？」

「ですが……レムリアにいるのは、フィオナ王女殿下のことを妹のように可愛がっているから、なんですよね？」

「それは……」

　言葉に窮《きゅう》する。アイリスにとって、フィオナ王女殿下は前世の自分だ。そして死の運命《さだめ》にあることも知っていた。だからこそ、フィオナ王女殿下の下に駆けつけた。

　最初は、ただそれだけのことだったのだが……

(ジゼルからしてみたら、自分よりフィオナ王女殿下のほうが妹として可愛い、と言われ続けているように感じる……ということなんでしょうね)

「アイリスお姉様、わたくしは……お姉様の妹に相応しくありませんか？」

「いえ、そんな、相応しくないとか、そんな問題じゃなくて、その……フィオナ王女殿下はもちろん可愛らしい方ですが、ジゼルも同じくらい大切に思っていますよ」

「では、どうしてレムリアを選ぼうとしているのですか？」

「それは、その……」

　まるで浮気現場を押さえられた夫のように動揺する。アイリスは視線を彷徨《さまよ》わせ、とっさに閃いた妙案を口にする。

「レムリアにいるのは、フィオナ王女殿下のためだけではありませんから！」

「え、それって……」

目を丸くするジゼルに対し、アイリスは無言で頷いた。前世の自分だけでなく、前世のお祖父様もいる――なんて、もちろん口には出さない。

そうして誤魔化したアイリスに対し、ジゼルはぽっと頬を赤く染めた。

（え、ここでどうしてそういう反応が……？）

なにか致命的にボタンを掛け違っているような気がすると不安になるアイリスだが、次のジゼルの言葉で、さきほどの違和感は吹き飛んでしまった。

「実は、わたくし……その、エリオット王子に求婚されたのです」

「……それは、正式なルートを通して、ですか？」

ジゼルとエリオット王子は長らく国を離れている。正式なルートで決まったことならば、とっくに自分の耳に入っているはずだと、アイリスは小首を傾げた。

「いえ、まだエリオット王子の個人的なお言葉です。でも必ず、陛下やうちの両親を説得してくださると、その、約束してくれたんです」

「それはそれは。エリオット王子もなかなかやりますね」

見た目は女の子と見紛うような愛らしさなのに、行動は男らしいと感心する。

（ジゼルはストレートな愛情表現が好きみたいですね。わたくしとしては、もう少し奇《き》をてらったような感じが好きですけど）

勝手なことを考えながら、アイリスは素早く状況を整理する。

エリオット王子の言動から、ジゼルに求婚したのは政略的な意味合いではなく、少なくとも恋愛感情を抱いているのだろうと予想する。

そして、ジゼルもまんざらではない──というか、完全にエリオット王子に惚れている。

（ジゼルが欲しければ、わたくしを倒してからになさい──と言いたいところですが、いまの彼には酷でしょうね。というか、ジゼルに嫌われそうなので自重しましょう）

乙女ゲームの歴史では、二人でわたくしを倒したようだし、よしとしておきますか──と、心の中で呟いて、アイリスは協力する方向で考えを纏める。

「エリオット王子は今回の旅で多大な功績を挙げておいでです。そしてジゼル、貴女は……精霊の加護を手に入れましたね？」

「はい。ですが、お姉様のおかげです。わたくし個人の功績としては……」

それを否定しようとしたアイリスは、自分が根本的な部分で思い違いをしていることに気付いた。ジゼルは『賢姫であるアイリスと比べて自分が劣っている』と、気にしているのだ。

アイリスがエリオット王子の婚約者になるなど、あらゆる意味であり得ない。だが、一部の者達はこう言うだろう。『エリオット王子の婚約者が姉のほうであったなら』と。

妹には、万人から祝福されて欲しい。そう願ったアイリスは、乙女ゲームの歴史と、今世で学んだことから妙案を思い付いた。

「ジゼル、大丈夫です。二人が祝福されるように、わたくしが協力いたします」

「本当ですか、お姉様？」

「ええ。お姉様に任せなさい」

むんっ、と、力こぶを見せる。その令嬢らしからぬ仕草にジゼルは目を瞬いて、それからクスクスと笑い、涙目になって「お姉様、ありがとう」と微笑んだ。

「それで、お姉様は一体どのような方法で助けてくださるのですか？」

「それは――」

と、アイリスは目を細めて口を閉じた。

「アイリスお姉様？」

「向こう岸の雑木林、虫の音がいつの間にか止んでいます」

魔物が潜《ひそ》んでいるかもしれない――という言外の言葉は正しく伝わったようで、ジゼルもすぐに神経を研ぎ澄ます。

ほどなく茂みが揺れて、そこから醜悪《しゅうあく》な魔物が姿を見せた。

「ゴブリン――」

立ち上がったジゼルが魔術を使おうとするが、アイリスがその袖を引っ張った。

「待ちなさい。なにか、様子がおかしいです」

小川は水深が脛《すね》の辺り程度。背の低いゴブリンでも渡れなくはないが、襲撃に適した位置関係とは言い難い。飛び道具でも持っていれば別だが、それも見当たらない。

敵の狙いは――と考えを巡らせていると、ゴブリンの背後から人影が現れた。

「……って、エリスじゃないですか」

アイリスがぽつりと呟く。

ゴブリンの背後、黒幕のような登場をしたのはエリスだった。

「そのようなところでなにをしているのですか？　というか、そのゴブリンは……？」

「大所帯の一行を避けようと隠れているのを発見したので使役いたしました。魔物の群れを使役する方向で話し合うなら、実際に使役しているのを見せたほうがいいかと思って」

「……なるほど、たしかに道理ですね」

エリスの言っていることはなに一つ間違っていない。

間違っていないのだが……

（このまま魔物を連れて戻れば、騒動になるでしょうね）

その光景を想像して、アイリスは思わず天を仰《あお》いだ。

「ア、アイリス様、なぜ魔物を引き連れているのですか!?」

エリスが支配下に置いたゴブリンは八体。

その全てを従えて皆の下に戻ったら、当然のように大騒ぎになった。護衛の騎士達は剣を抜き、けれどアイリス達に剣を向けることも出来ずに困惑している。

「皆さん落ち着いて、このゴブリン達はエリスの支配下にあります。警戒するなとは申しませんが、ひとまず剣を収めてください」

「し、支配下に、ですか?」

護衛の騎士隊長が困惑気味に聞き返してくる。

「魔族が魔物を使役できるという話は聞いているでしょう？　これはその証明です」

「な、なるほど。たしかに襲いかかってくる素振りはありませんな。しかし、その……まさかとは思いますが、そのまま建設中の町へ連れて行くおつもりですか?」

あり得ないと彼らの顔に書いてある。

だからこそ、アイリスはことのほかなんでもないような顔で答えた。

「ええ、そのつもりです」

「大騒ぎになりますよ!?」

「懸念はもっともですね。ですから伝令を出して、騒ぎが起きないように……いえ、騒ぎが最小限に収まるようにしてください」

　騒ぎが起きないようにするのは無理だろうと、アイリスはセリフの途中で自嘲《じちょう》する。それを見ていた護衛の騎士隊長は、そこまで分かっていながらなぜと言いたげに顔を歪めた。

「どうしても連れて行く、と？」

「先延ばしにしても騒ぎが起きるのは変わりません。それに、今回は悠長にしていられません。そもそも、貴方が心配しているのは町で発生するであろう騒動ではないでしょう？」

「恐れながら、その通りでございます。王族の護衛を任された者として、危険な魔物を同行させるのは断固反対いたします」

　彼にとって最大の懸念は、自国と隣国の王族が同席するこの一行に被害が出ることだ。王族の護衛を任された者の判断としては至極《しごく》当然である。

　だけど――

「魔族の協力をもって魔物の被害を減らすプランは、魔物の使役が安全におこなえるという前提の下に成り立ちます。ゆえに、これは安全性を証明するまたとない機会なのです。とはいえ、貴方の懸念も至極当然のこと。ですから……」

　決めるのは貴女《あなた》です――と、フィオナ王女殿下に視線を向けた。彼女はわずかに驚いた顔をして、すぐにキリッと表情を引き締めた。

「そうだね……護衛の意見はもっともだと思う。ただ、アイリス先生の言う通り、私達は魔物がちゃんと使役できることを証明する必要があるのも事実だよ。とはいえ、この一行には他国の方もいるから、意見を聞く必要があると思うの」

フィオナ王女殿下はそう言って、様子を見守っていたエリオット王子に「貴方の意見を聞かせていただけますか？」と話を振る。

（……偉いですね。同意を得られれば、万が一にも責任が分散できるし、同意が得られなければ、それを理由に後の交渉を有利に運べる。それをちゃんと理解しているんですね）

心の中でフィオナ王女殿下を絶賛する。そんな駆け引きを理解しているのかどうか、エリオット王子は思案顔で口を開いた。

「そう、だね……。たしかに不安はある。だけど、アイリスさんが最初に言ったように、今回の議題は、魔物の群れを使役できることが前提条件だ。確認は必要だと思う」

「では……？」

「うん。使役した魔物を連れて行くことに同意しよう」

エリオット王子が毅然《きぜん》と答えるが、彼を護衛する騎士達は渋い顔をしている。本来であれば断って欲しい。あるいは仕方なく、という体を取って欲しかったのだろう。

（前回の論戦ではエリオット王子のほうが少し上、という印象だったのですが……フィオナ王女殿下の成長が著しい、ということでしょうか？）

なにはともあれ、同意を得たフィオナ王女殿下は満足気に頷いた。

「では、使役した魔物を建設中の町まで連れて行きましょう。護衛の者達には迷惑を掛けますが、リゼルの方々と使用人に危険がないように配慮してください」

「かしこまりました。一命に代えても皆様を御守りいたします」

恭《うやうや》しく頭を下げる、騎士隊長はことのほか緊張感を漂わせていた。騎士だからこそ、魔物の恐ろしさをよく知っているのだろう。だがフィオナ王女殿下は「信頼しています」と穏やかに微笑んだ。それから、あらためてエリスへと視線を向ける。

「申し訳ありませんが、魔物の扱いに関しては、彼らに従っていただけますか」

「フィオナ王女殿下の仰《おお》せのままに」

彼女もまた恭しく頭を下げた。こちらは、フィオナ王女殿下――というか、人間に危害を及ぼすつもりはないというパフォーマンスだろう。それでも、フィオナ王女殿下に従うというエリスの言葉に、多くの者達がわずかに表情を和らげる。

こうして、使役した魔物の群れを隊列に加えた一行は建設中の町への移動を再開した。


そして数日。

一行はなんら被害を出すことなく、建設中の町へと到着した……のだが、当然と言えば当然のように、使役された魔物の群れを見た出迎えの者達は騒然となる。

そうしてざわめく出迎え達の中から、ゲイル子爵が現れた。

「アイリス様、これは一体どういうことですか!?」

「……まるでわたくしが元凶みたいな物言いですわね。先触れは出したはずですよ？」

魔物を使役することになった――という連絡はもちろん、使役した魔物を実際に連れて行くと決めた時点で、次なる先触れを送っている。

騒ぎになるのはそちらの不手際では？　と、アイリスが目を細めた。

「想定外の出来事が起きたとき、原因はおおむねアイリス様だと、アルヴィン王子からうかがっております。それに、使役した魔物の話はうかがいましたが、町の入り口にまで連れてくるとは思いませんよ。まさか、町の中に連れて行くつもりですか？」

「それこそまさかです。――フィオナ王女殿下」

説明は貴女が――と促すと、彼女は一歩前に進み出た。ゲイル子爵が「これは、フィオナ王女殿下。ご挨拶が遅くなって申し訳ありません」と頭を下げ、他の者もそれに従った。

そんな彼らを見回し、フィオナ王女殿下は次期女王らしく振る舞う。

「気にする必要はありません。それよりも魔物を連れて来た理由ですが、このように安全に使役できていると、実際に見せるためです」

「……なるほど。こうして目の当たりにしても、信じがたい光景ですからね。魔物を使役することが出来たと、口頭で説明されても信じなかったかもしれません」

「分かっていただけてなによりです」

フィオナ王女殿下が鷹揚《おうよう》に頷く。

「それで、魔物を実際に町へ入れるおつもりですか？　そのおつもりなら、さすがに警備態勢やらを見直す必要がありますが……」

「いいえ、皆に安全性を証明するという目的も果たしましたから、この後は食料を与え、魔の森付近に待機させるつもりです」

「待機、ですか？　しかし――」

ゲイル子爵は離れた場所でも使役が可能なのかと視線で問い掛けてくる。フィオナ王女殿下は軽く目を伏せることで肯定して「詳しいことは会議で話すつもりです」と詳細を伏せた。

それから「アイリス先生――」と無言の指示を出す。

アイリスは小さく頷き、フィオナ王女殿下の横に立った。

「ゲイル子爵、滞在するレムリアの役人を集めてください。それとネイトはディアちゃんに連絡を取り、会議の後に話があると伝えなさい。イヴは会議室の準備を。それと……」

エリオット王子に視線を向ければ「リゼルのほうは僕が話します」と応じてくれた。こうして、建設中の町での話し合いの場は早急に整えられた。

とはいえ、重要な部分はグラニス王と既に摺り合わせを終えている。後にリゼル国でフレッド王と話し合いをする必要があるが、この町で話すことは多くない。

レムリアの役人に大まかな計画を伝え、それらに対する準備、心構えを周囲に要求する。そうして、あっさりとレムリアの役人との折り合いはついた。

その後、アイリスは町の中央にある交易区画の北側、隠れ里の者達に与えられた区画へと移動する。その一等地にある屋敷を訪ねると、すぐに応接間へと通された。

窓辺から差し込む淡い陽差しの中、ソファに腰掛けるクラウディアの姿があった。彼女はいつもの恰好で、憮然《ぶぜん》とした表情をアイリスへと向けている。

「つい先日別れを告げたばかりなのに、なぜ短期間でこんな大事を持ち込んだ、おまえは」

「お騒がせして申し訳ありません」

「心にもないことを。……もういいから、そこに座ってさっさと本題に入れ」

「そう？　ならそうさせてもらおうかな」

公爵令嬢としての仮面をぺいっと脱ぎ捨てて、アイリスはソファに腰を落とした。だけど背筋は伸ばしたまま、クラウディアに真剣な眼差しを向ける。

「さっそくだけど、隠れ里の人々にとっても、悪くない話を持ってきたつもりだよ」

「……魔物を使役できる、らしいな。だが、分かっているのか？　隠れ里は先日、魔物の襲撃を受けたばかりだ。それればかりか、毎年のように被害を受けているのだぞ？」

隠れ里には長寿なエルフもいる。長生きだということは、それだけ魔物の被害を受けた記憶を多く持つということだ。かつての大戦で深く心に傷を負った者だっている。

使役するよりも、仇を討って欲しい——と、願う者もいるだろう。

「もちろん、分かっている……つもりだよ。感情的に受け入れがたい人がいるであろうことも理解してる。でも、ディアちゃんなら合理的に考えてくれるって、そう思ったから」

「……なるほど。わざわざこの地を候補にしたのはそれが理由か」

「そうだね、それが理由」

もちろん、エリスやディアロス陛下に対価を支払いやすいから、という理由はある。だが、周囲との軋轢《あつれき》を避けるためなら、他の候補地はいくらでもあった。隠れ里の付近を選んだ理由には、前世で一度は失った隠れ里を平和に——という想いがあることは否定できない。

「しかし、分かっているのか？　使役が可能だとしても、感情的な者はいなくならない。ましてや、使役に問題が発生すれば、相当な大事に発展するのだぞ？」

「その点は、エリスのことを信用するつもり」

魔族の襲撃の際、アイリスを護《まも》ってくれたこともあった。他の魔族が人間をハメようとしたときも、人間側に理解を示してくれた。それはきっと人間が好きだから、なんて理由ではなく、ディアロス陛下の——延《ひ》いては魔族のためだろう。

それでも、魔族の暮らしを豊かにするためならば、エリスは人間を裏切らない。そこさえ理解していれば、エリスと敵対することはない——と、アイリスは確信している。

そう口にすると、クラウディアは肩をすくめた。

「ずいぶんと歪《いびつ》な信頼だな。しかし……たしかにそういった信念に従う生き方をしている者は行動も理解しやすい」

「そうだね」

その点、クラウディアは合理的な側面もある一方、面白そう――なんて理由で動いたりするので読みにくい。もちろん、信頼できる人物なのだが……

「なんだ、なにか言いたげな顔だな？」

「なんでもないよ。それより、隠れ里の住人を説得する役目を引き受けてくれないかな？　私としては、ディアちゃんに協力してもらえたら嬉しいんだけど」

「そうだな、引き受けてもいい――と言いたいところだが、おまえが族長に話せ」

「……族長の説得を私が？　でも、この後はエリオット王子の一行と共に、リゼルに報告に戻る予定なんだけど……隠れ里に向かうとなると、その後になるよ？」

隠れ里との往復はそれなりの日数が掛かるので、そのあいだリゼルの一行を待たせる訳にはいかないという事情を打ち明ける。

「あぁ、その点なら心配するな。族長はいま、この町へ来ているからな」

「……そう、なの？」

「ああ、少し待っていろ」

クラウディアが手元の呼び鈴を鳴らすと、すぐに執事が部屋に入ってきた。

「お呼びでしょうか、クラウディアお嬢様」

「アイリスが族長に話があるそうだ」

「かしこまりました。お伝えしてまいります」

恭しく頭を下げて、執事は退出していく。

その姿を見送ったアイリスは、思わずといった感じで口を開く。

「……ディアちゃんが、都会に染まってる」

「やかましい。効率を考えた結果だ。何処かの小娘が、忙《せわ》しなく対応を迫るからな」

おまえのせいで忙しいと、遠回しに言われたアイリスはやぶ蛇だったと口を噤《つぐ》んだ。慌てて、話を逸《そ》らそうと考えを巡らせる。

「あーでも、この町の代表として暮らすなら、使用人は必要だよね。でも、使用人の所作をよく学んでる人だったね。隠れ里から連れて来たの？」

「いや、レムリアの国王陛下が紹介してくれた」

「それって……」

グラニス王の息が掛かった使用人だ。隠れ里側のあれこれが筒抜けになるのでは……？　とアイリスは思ったのだが、レムリア側の人間として言葉を濁した。

「心配するな。私が、その程度のことを想定していないはずがないだろう」

「そっか、そうだよね」

分かっているならいいやと、アイリスは考えることを放棄した。アイリスらしからぬ思考だが、クラウディアなら問題ないという信頼の表れでもある。

「でも、そっか、グラニス王の紹介かぁ……」

「なんだ？」

「いや、ディアちゃんの趣味かと思って」

執事は若く、線の細い美青年だった。そんな執事にお嬢様と呼ばせている。『ディアちゃん、染まりすぎでしょ』などと内心で考えていた訳だ。

「アイリス、なにか失礼なことを考えていないか？」

「そ、そんなことないよ」

視線を逸らす。そうしてそっぽを向いたアイリスの横顔を、クラウディアがジト目で見つめている。アイリスが沈黙に耐えかねた頃、天の助けか扉がノックされた。

5

「――事情はよう分かった。隠れ里の者達はわしが説得しよう」

あの後、クラウディアに呼ばれてやって来たジーク族長に事情を話したところ、快い返事をもらうことが出来た。アイリスはそのことに感謝しつつも少し戸惑う。

「大変ありがたいことですが、そこまでお願いしてよろしいのですか？　説得自体は、ディアちゃんにお願いする予定だったのですが……」

「クラウディアには、この町であれこれ調整してもらわねばならぬからな。わしは隠れ里に戻るつもりだったからちょうどよい」

「……そうですか。それでは、よろしくお願いします」

クラウディアに横目で確認したアイリスは、そう言って深々と頭を下げた。そうして魔物の使役については一段落。

ジーク族長はお茶を飲んで喉を潤すと、穏やかな視線をアイリスへと向けた。

「……アイリスよ。そなたは魔王の魂について、なにか分かったのか？」

「そう、ですね……考えても仕方ない、という結論に至りました」

「ほう？　それはどういうことじゃ？」

「確証のない部分が多いため、多くを語るつもりはありません。ただ、わたくしの感想としては、自分はちょっと希有《けう》な体験をした、ただの人間でしかない、と」

巻き戻り転生は希有な体験だ。特別な存在と言えばその通りなのかもしれない。けれど、魔王の魂がどうのと言われると首を傾げざるを得ない。

転生している点を除けば、ただの人と変わりなんてないじゃないか、と。

それに正史——原作乙女ゲームの展開とは歴史が大きく変わっている。

これから後は、なにが起こるかはアイリスにも分からない。であれば、これより後のアイリスは、過去にちょっと特別な体験をしただけのただの人だ。

「……そうか。本人が納得しているのならそれでいいじゃろう」

「お心を煩《わずら》わせて申し訳ございません」

「気にするな。そのおかげで隠れ里が救われたと言っても過言ではないからな。むしろ感謝しておる。そなたのおかげで隠れ里は救われた」

「いえ、わたくしは……」

恩返しをしただけ。救われたのは自分のほうだと、喉元まで込み上げたセリフはグッと飲み込んだ。前世での出来事を口にしても、困惑させるだけだと思ったから。

そんなアイリスに向かって、ジーク族長は静かに続ける。

「前回のことだけではない。このような屋敷を建ててくれたことにも感謝しておる。わしのような老いぼれはともかく、アッシュやクラウディアのような若者が、いつまでも隠れ里でくすぶっておるのはもったいないと思っておったからな」

「とんでもありません。なにより、優秀な二人を隠れ里から連れ出すような形になって、申し訳ないと思っていました」

クラウディアは人を率いるタイプだ。前回の戦闘でも指揮を執っていたことから、族長の後継者と目されていてもおかしくはない。

アッシュにしても、守備隊の隊長のようなポジションにいたはずだ。

その二人が移住して、隠れ里に影響がないとは思えない。

「なに。隠れ里にはまだまだ優秀な者がおる。それに、そなたがやろうとしている、魔物を使役する件が上手くいけば、隠れ里の被害は激減するはずじゃ」

「……必ず、成功させてみせます」

信頼に応えようと、アイリスは静かに頭を下げた。


ジーク族長達との話し合いを終えた後。アイリスがレムリアの所有する屋敷に戻ると、中庭から剣戟《けんげき》の音が聞こえてきた。

驚いて足を運ぶと、エリスとフィオナ王女殿下が斬り合っていた。

軽装ながらも甲冑《かっちゅう》を身に着けたフィオナ王女殿下が、ダンと地面を蹴って地を這うように駆ける。一瞬でエリスとの間合いを詰めた彼女は下段から剣を振り上げた。

――速い。重い鎧《よろい》を着てもなお速い。いつの間にここまで速くなったのかと、アイリスが目を見張るような速度。

けれど、翼を解放した本気モードのエリスは軽く跳び下がって難なく回避。それと同時に剣を横薙《よこな》ぎに振るい、追撃を仕掛けようとしたフィオナ王女殿下を牽制する。

一進一退の攻防。魔王の側近とレムリアの王女が戦っている光景に驚くが、互いに殺気がないことから、これが稽古なのだろうと察する。

だが、そう察してもなお不安になる。それだけ二人の戦いが白熱している。アイリスは周囲を見回し、二人の戦いを見物しているとおぼしき騎士に声を掛ける。

「あの二人、いつから戦っているんですか？」

「アイリス様が出掛けた直後なので、かれこれ一時間ほどでしょうか？」

「……そんなに、ぶっ続けで、ですか？」

「ええ。何度かお止めしたのですが、白熱しているのか、お聞き入れくださらなくて。アイリス様、二人を止めていただけませんか？」

「……仕方ありませんね。貴方の剣、少し借りますよ」

騎士の弱り切った様子に色々と察する。

アイリスは騎士の腰から剣を引き抜き、斬り合っている二人に視線を向けた。何度か斬り結んで二人が大きく距離を取る。次の瞬間、エリスとフィオナ王女殿下が同時に駆け出した。

そのタイミングに合わせ、アイリスもまた駆け出す。

アイリスは衝突する二人の側面から襲い掛かった。

右前方のエリスには、騎士から借りた剣を振るい、左前方のフィオナ王女殿下に対しては、アストリアの力で顕現《けんげん》させた剣を振るう。

完全なる不意打ちによる介入は、二人の攻撃を完全に受け止めていた。

「ア、アイリス様？」

「アイリス先生？」

目を見張って動きを止める二人に「そこまでです！」と鋭く言い放った。

「熱中する気持ちは分かりますが、自重してください。貴女達のどちらかになにかがあれば、せっかく手に入れた平和が潰《つい》えることになりかねないのですよ？」

「うぐ、ごめんなさい」

「……そうですね、申し訳ありません」

アイリスの介入で我に返った二人はばつの悪そうな顔をする。しかし、アイリスが二人を叱りつけたなんて噂が広がるのも外聞が悪い。

アイリスはすぐに「分かっていただければかまいません」と話を切り上げた。そうしてぽかんとした顔の騎士に借り受けた剣を返し、もう一度二人のほうを向いた。

「隠れ里の族長に、魔物を使役する一連のことに対する許可をいただきました。フィオナ王女殿下はそのことを踏まえ、ゲイル子爵達と今後のことについて話し合いをお願いします」

「えっと、農地を何処にするかとか、話し合えばいいんだね？」

「はい。わたくしは明日にでもリゼルへ向かうことになるので、摺り合わせが必要なことがあれば、今日中にお願いします」

「うん、分かった。それじゃちょっと行ってくるね」

フィオナ王女殿下はそう言って駆け出した。慌てて護衛の騎士達がその後を追い掛けていく。

それを見送ったアイリスは、続けてエリスに視線を向けた。

「エリス、お聞きの通り、隠れ里の族長から同意を得られました。とはいえ、隠れ里は先日、魔族による襲撃を受けたばかり。くれぐれも刺激しないようにお願いしますね」

「もちろん心得ています」

エリスは頷き、それから少しだけ目を伏せた。

「……エリス？」

「いえ、その、言うのが遅くなりましたが、あのようなことをしたにもかかわらず、我ら魔族を受け入れてくださってありがとうございます」

「人間にとって利になる選択をしただけです。それに、わたくしは受け入れていますが、理性ではなく、感情で動く人間が多いのも事実です。どうかお気を付けください」

感情にまかせて命令を無視し、国に被害を及ぼすような騎士はいないと信じたいが、この町にも魔族に家族を奪われた者がいないとも限らない。エリスが襲撃でどうにかなるとは思わないけれど、反撃によって大事に……という可能性は捨てられない。

万が一があっても、決してやりすぎないようにと念を押した。そんなアイリスの言外の想いが伝わったのか、エリスは真剣な顔でこくりと頷く。

「気を付けます。それと、さきほどはすみません。つい熱くなってしまって」

「フィオナ王女殿下にせがまれたのでしょう。こちらこそ申し訳ありません」

アイリスもまた頭を下げ、それから魔物の使役について少し立ち話をした。

その後、エリスと別れ、アイリスは屋敷に戻った。

そうして一息吐《つ》いたところに、今度はジゼルから話をしたいと打診があった。アイリスは忙しなさに目を回しつつ、ネイトとイヴにお茶の用意を命じ、ジゼルを部屋に招く。

ジゼルは姉の部屋を訪ねるには少々格式張ったドレスを身に着けていた。公式な使者に近い立場としての話があると察し、ジゼルとローテーブルを挟んでソファに座って向かい合う。

「なにか重要な話ですか？」

「はい。結論から言います。いまの条件ならば、リゼル国は、レムリア国が魔物の使役をし、この町の付近に魔物を滞在させることを認めることは出来ません」

予想外――だけど、心の底では何処か期待していた。アイリスは「どういうことか、理由をお聴かせいただきましょう」とわずかに嬉しそうな顔で笑った。

6

建設中の名前がない町、そのレムリア区画にあるお屋敷の一室。ソファに腰掛けたアイリスは、ローテーブルを挟んで妹のジゼルと向き合っていた。

ゆったりとした服装のアイリスと違い、ジゼルはリゼルの使者に相応《ふさわ》しいフォーマルドレスを纏っていた。彼女は何処か緊張した面持ちでアイリスを見つめている。

「……ジゼル様。魔物を使役する件、認められないとはどういうことでしょう？　レムリア国で擂り合わせをおこなったときは、異論がないと仰っていたと記憶しておりますが？」

アイリスは妹に対して様付けで話し掛けた。いまは妹との語らいではなく、国家間の話し合いであるという意思表示だ。その上で、冷めた口調で前言を翻すのかと非難した。笑わない賢姫と呼ばれた頃のアイリスが顔を覗かせている。

目を細めたアイリスを前に、ジゼルはゴクリと喉を鳴らした。スカートの布地をきゅっと握り締め、意を決したように口を開く。

「たしかに擂り合わせはおこないました。ですが、それは陛下と話す前の仮の約束。変更をしてはならない、という取り決めはなかったはずです」

「……道理ですね。しかし、それはあくまで、陛下との交渉の段階になればの話です。あなたが前言を翻すのであれば、あなたと擦り合わせをした意味がありません」

交渉の抜け道を突こうとするジゼルに対し、アイリスは即座に抜け道を塞いだ。視線を彷徨わせたジゼルは追い詰められているように見えた。

だが、彼女は絞り出すように次の言葉を口にした。

「……たしかに、意味もなく前言を翻せば信用を失うでしょう」

前言を撤回したのには意味がある——と。その言葉に、アイリスは眉を動かした。

「どういう、意味でしょう？」

「魔物の使役を出来るとはうかがっていました。しかし、あの魔族の女性……エリスさんでしたか？　彼女が遠く離れた地から魔物を支配できるとは聞いておりませんでした」

「……たしかに、その通りですね」

一度使役してしまえば、魔物はエリスの下を離れても命令を実行し続ける。それはつまり、この町にいながら、リゼルの町や村を魔物に襲わせることが可能、ということだ。

しかも、ただの偶然を装い、レムリアは関与していないと言い逃れることすら出来る。

あの時点ではアイリスも知らなかった事実ではあるが、契約の成立前にその事実があきらかになった以上、リゼルが再交渉を求めるのは当然の主張である。

——つまり、舌戦による前哨戦《ぜんしょうせん》はアイリスの敗北に終わった。それを自覚したアイリスは妹の成長を喜びつつも、それが表に出ないように表情を引き締める。

「それで、ジゼル様はどのような条件をお望みなのですか？」

「……対等な条件を。リゼルとレムリア、共同で管理する、というのはいかがですか？」

「話になりませんね。魔族との交渉はレムリアが単独でおこなったことです。危険に対する補償的な意味での交渉は承《うけたまわ》りますが、それ以外での口出しは無用に願います」

アイリスが冷たく突き放すと、ジゼルは悲しげに、けれどやっぱりという表情を見せた。そうしてギューッと目を瞑ると、なにかを諦めたような顔でアイリスを見る。

「お姉様はもう、リゼルに義理はないと、そういうことですか？」

ジゼルがそう感じるのも無理はない。いままでのアイリスなら、確実に『両国のバランスを取る必要がある』と言って、リゼルにも利を配ろうとしていた。

にもかかわらず、いまのアイリスはレムリアの利権を独占しようとしている。いままでと行動の指針が完全に変わってしまっているのだ。

アイリスがリゼルに愛想を尽かしたと、ジゼルが考えるのも当然である。

だが、それは誤解だ。

アイリスは交渉役としての仮面をぺいっと脱ぎ捨てて、妹に優しい笑みを向けた。

「ジゼル、わたくしはレムリアの人間になるつもりです。ですが、リゼル国や貴女に愛想を尽かした訳ではありません。なにより、バランスの件はいまでも必要だと思っています」

「では、お姉様はどうして、レムリアの利益を優先しているのですか？」

「わたくしがレムリアの人間になるからだと、そう言ったはずですよ？」

ジゼルは「分かりません」と呟いて、いまにも泣き出しそうな顔をする。

「そう、ですね。事の発端は、リゼルの機密を握っているわたくしが、レムリアに渡ったことです。それによって、両国のバランスが大きく崩れるところでした」

「分かっています。賢姫であるお姉様はあまりに多くのことをご存じですから」

「ええ。だからこそ、わたくしはバランスを取ることを優先しました。ですが本来、たった一人の人間が、両国のバランスを取るように立ち回っているのは歪なことなのです」

普通の人間に出来ることではない。前世の記憶を持つ賢姫だからこそ出来たことだ。そうして様々なバランスを調整するアイリスはこんなふうに自嘲した。『両国のパワーバランスを調整する自分は、まるで神様を気取っているみたいだね』——と。

「仰っていることは分かります。ですが、このままでは両国のパワーバランスが崩れかねません。いまは大丈夫でも、十年後、百年後にどうなるか分からないのですよ？」

「そうですね。だからこそ、貴女がいるのでしょう？」

当然のように言い放つと、ジゼルはぱちりと瞬いた。

「……え、それは、どういう？」

「気が付いたんです。わたくしに対抗できる存在がリゼルにいれば、わたくしが苦心するまでもなく、両国のパワーバランスが取れるはずだ、と」

「ま、待ってください。お姉様は、わたくしに、お姉様と対抗しうる存在になれと、そう仰っているのですか？」

「そう聞こえませんでしたか？」

リゼルは目をまん丸に見張って、それからローテーブルに手を突いて身を乗り出した。

「む、無理です。お姉様に対抗しうる存在になんて、わたくしになれるはずがありません！」

「あら、エリオット王子の隣に立つに相応しい女の子を目指さないんですか？」

「そ、それと、これとは関係ないではありませんかっ！」

「関係ないと、本気で思っているのですか？」

アイリスが誤魔化しは許さないとばかりにジゼルの目を覗き込む。彼女はうっと息を呑み、それから一呼吸置き、力なくソファに座り直した。

「お、王太子妃には、それ相応の教養が求められることは理解しています。ですが、歴代の賢姫の中でも飛び抜けた知識を持つ、お姉様と並び立つ必要は――」

「ないでしょうね、普通なら。……自分で言うのもなんですが、ここ数年のわたくしの功績は、自分でも異常だと思っています。ですが……」

一時とはいえ、アイリスはリゼルの王太子妃だったのだ。愚かなザカリー元王太子が原因で流れたこととはいえ、アイリスが王妃になる未来もたしかにあった。

その事実がある限り、ジゼルは必ずアイリスと比べられることになる。

そんなアイリスの危惧が伝わったのか――いや、おそらくジゼル自身、最初から不安に思っていたことだったのだろう。アイリスの指摘に、彼女はきゅっと唇を噛んだ。

「分かって、います。本当は理解しています。でも、お姉様と並び立つなんて……」

「出来ますよ。なんのために、精霊の加護を習得させたと思っているのですか？」

「え？　それは、交渉材料だったのでは？」

「それもあります」

主な理由は、命の危険があるジゼルに、自らを護る力を付けさせるためだった。だが、ジゼルに功績を挙げさせるという意味合いもあった。

「そう、だったのですね。ですが、わたくしが契約したのは名もなき魔精霊です。アイリスお姉様のように、初代賢姫様が契約したフィストリアではありません」

「その点は心配ありません。わたくしに秘策がありますから」

「……秘策、ですか？」

「ええ」

いまは教えるつもりはありませんよと微笑むと、ジゼルは困ったような笑みを浮かべた。

「……お姉様はいつだって、ずっと先の未来を見据えているのですね。そうやってわたくしに力の差を見せつけておきながら、わたくしにも同じことが出来ると、そう仰るのですか？」

「いますぐには無理でも、いずれは出来るようになると信じています。そして、いますぐにと急ぐ必要はありません。出来るように見せかければいいのですから」

「お姉様は、一体なにを企《たくら》んでいるのですか？」

アイリスは答えず、唇に人差し指を当てて笑った。それを見たジゼルは溜め息をついて、それからジトッとアイリスを睨みつけた。

「わたくしには、お姉様が分かりません」

「本当にそうですか？　ジゼルなら、わたくしがなにを考えているか分かるはずです。そのために必要な情報は、さきほど渡したでしょう？」

「必要な情報？」

ジゼルは静かに考え込んだ。

「……お姉様は、わたくしがお姉様に対抗しうる存在になることを望んでいる。そうしなければ、お姉様の移住はとても認めてもらえないから。つまり、わたくしの活躍は、お姉様にとって必要。なら……それは交渉材料になりうる、ということ――」

独りごちていたジゼルは、ハッと顔を上げてアイリスを見た。

「お姉様、わたくしがお姉様に対抗しうる存在になることを望むのなら、わたくしに力を貸してください。そうすれば、お姉様が移住できるよう後押しいたしましょう」

「……まぁいいでしょう」

「本当ですか？　魔物の使役の件も妥協してくださいますか？」

期待に満ちた表情をする妹を前に、アイリスは可愛いなぁと思いながらも首を横に振った。

「それとこれとは話が別です。なぜ誤解しているのか知りませんが、その件は最初からわたくしに交渉権はありませんよ。フィオナ王女殿下の事業ですから」

「……あっ」

まったく考えが及んでいなかったようで、ジゼルは目を軽く見張る。それを見たアイリスは小さく息を吐いて、仕方がなさそうに笑った。

「ずいぶんと視野が狭まっていますね。なにをそんなに焦って……いえ、聞くまでもありませんね。エリオット王子のお役に立ちたいのですね」

ザカリー元王太子はアイリスの支援によって、表向きは大きな功績を挙げていた。王位継承権一位の第一王子で、アイスフィールド公爵家を筆頭に支持基盤もしっかりとしていた。

対して、エリオット王子はまだ幼い第二王子。

ザカリー元王太子が失脚したとはいえ、エリオット王子の地位は確立されていない。王家とアイスフィールド公爵家のあいだにも確執は残っている。

いかにも不安定な状況で、だからこそ自分が支えなくてはいけないと思っているのだろう。

（実際は、そんなに悲観するような状況ではないんですけどね）

この評価はあくまで、エリオット王子とジゼルが王城を離れる前のものだ。

そこからモルタルを使ってレムリアと交渉し、魔族との交易にも一枚嚙んだ。ジゼルとよい仲になったことで、アイスフィールド公爵家との確執も消えるだろう。

今回の件も、エリオット王子達がレムリアにいたから介入できたことだ。一連の出来事が王城で公表されれば、エリオット王子の評価は大きく上がることだろう。

だから、これ以上は急いでなにかをする必要はないのだが……と考えながらも、思い詰めた顔をしているジゼルを見て、アイリスは恋は盲目と言いますからね——と苦笑いする。

「ジゼル、外壁の件を思い出しなさい」

「外壁の件、ですか？　それは、どういう……」

「リゼルが、レムリアの事業に介入できたのはなぜですか？」

「それは、エリオット王子の持つ技術を提供したから——」

ジゼルがハッと目を見張った。

「魔物を働かせる農地は、少し町から離れた場所に作ります。そうでなくとも、魔族領に定期的に作物を送るには、遠すぎるという欠点があります」

「それを補えるような作物、あるいは技術を提供すれば……」

「フィオナ王女殿下は乗ってくれるでしょうね」

「感謝いたします、アイリスお姉様！」

ジゼルはそう言うなり立ち上がって、そのまま部屋を飛び出していってしまった。

(話はまだ終わっていなかったんですが……まぁいいでしょう)

アイリスの今回の目的は、レムリアへの移住をフレッド王や父親に認めさせること。そしてそのために、エリオット王子の立場を王太子へと押し上げ、ジゼルを王太子妃に据える。

未来のための一手を打つため、アイリスは使用人を呼ぶハンドベルを鳴らした。

エピソード3
アイリスの決意

1

◆◆◆

アルヴィン王子は自分の派閥を纏めるために暗躍していた。そうして、いまは執務室の机に向かい、王家の紋章が入った便箋《びんせん》にペンを走らせている。

ほどなく、部屋の隅に控えていたクラリッサが咳払いをした。

「アルヴィン王子、そろそろ約束のお時間ですよ」

「……もうそんな時間か。この手紙を書き上げたら出立する」

そう口にすれば、クラリッサはかしこまりましたと頭を下げる。

ペンを走らせる音だけが室内に響き、ほどなくしてアルヴィン王子がペンを置いた。完成した手紙は封筒に入れ、垂らした蠟《ろう》で封を閉じ、封蠟に指輪の紋章で刻印を施す。

「クラリッサ、これをアイリスの実家に送ってくれ」

「それはかまいませんが……」

「なんだ？」

「いえ、アイリス様に託されたほうが、印象はよかったのではありませんか？」

素っ気ない郵便よりも、愛娘が持参した手紙のほうが好意的に見てもらえるのに、と。そんなクラリッサの疑問に対し、アルヴィン王子は口の端を吊り上げた。

「それでは、アイリスよりも早く彼女の実家に届かないではないか」

「アルヴィン王子、悪い顔になっていますよ？」

「悪いことを考えているからな」

「……王子、アイリス様にご迷惑を掛けるつもりなら手伝いませんよ？」

「心配するな。アイリスをこの国に留めおくための悪巧みだ」

「分かりました。早馬を手配いたします」

クラリッサはクルリと手のひらを返したように退出する。アイリスに迷惑を掛けるつもりはないアルヴィン王子ではあるが、クラリッサの手のひらの返しっぷりに思わず苦笑いを浮かべた。

「……あいつも変わったな」

クラリッサは貴族の令嬢で、アルヴィン王子とは昔馴染みの関係だ。頼もしいメイドであると同時に、アルヴィン王子に対して姉のように振る舞う過保護な部分も多々あった。

権力目当てでアルヴィン王子に近付く令嬢を蹴散らしていた彼女が、いまやアルヴィン王子をそっちのけで、ファンクラブまで作ってアイリスのことを追い掛けている。

「……いや、アイリスが変えたと言うべきか」

クラリッサだけではない。

武術にしか興味を持たなかったフィオナ王女殿下が政治に興味を持ち、次期女王に相応しい成長を遂げたのもアイリスのおかげなら、レガリア公爵家の悪事を暴く切っ掛けを作ったのもアイリスだ。この一年と少しで彼女が成し遂げたことは数え切れない。

そして変わったのはアルヴィン王子も同じだった。

「まさか、俺が、な……」

両親を失った従妹、フィオナ王女殿下と国のために命を捧げる覚悟だった。そんなアルヴィン王子に欲が生まれたのもまた、アイリスの影響を受けた結果である。それを自覚したアルヴィン王子は口元を綻ばせ、ある人物に会いに行くべく席を立った。


訪れたのは、ある厳重な警備に護られたお屋敷だ。ただし、警備兵達の意識は、外敵に対する警戒が半分、内部に対する警戒が半分くらいに向けられている。

――ここは、処刑されたはずのレスター元侯爵が余生を送るお屋敷である。

「……アルヴィン王子か」

レスター元侯爵がアルヴィン王子を迎える。応接間のソファに腰掛ける彼は当時よりも痩せ衰えていた。なにより、その声には覇気が感じられない。

「久方ぶりだな、レスター。おまえに話があって来た」

アルヴィン王子は部屋の中程で立ったまま言い放つ。

「わしに話だと？　この落ちぶれた老いぼれに、一体どのような話だ」

「とぼけるな。俺の訪問目的など、とうに掴んでいるのだろう？」

レスター元侯爵はこの屋敷に幽閉されている。処刑されたはずの人物なので、生きていることが知られれば問題も多い。当然ながら外界との連絡は絶たれている、はずである。

だが、アルヴィン王子はそうは思っていない。そうして探りを入れるアルヴィン王子に対し、レスター元侯爵は薄ら笑いを浮かべた。

「貴様が王配から外された、という噂ならば知っている」

その言葉には、おまえの凋落《ちょうらく》は知っているぞという、アルヴィン王子を嘲笑うようなニュアンスが込められていた。だが、それを聞いたアルヴィン王子は笑う。

「昔の覇気は失われていないか。しかし、情報網についてはお粗末になったものだな」

「――なんだと？」

レスター元侯爵の表情が険しくなる。

「俺は将軍の地位を約束されている」

勝ち誇った口調で言い放つ。

将軍の地位を約束されていることを誇ったのではない。その事実を知らないということは、レスター元侯爵の情報網が中枢には及んでいないお粗末なものだと笑ったのだ。

それに気付いたレスター元侯爵が悔しげに顔を歪ませる。

「……貴様は、こんなところまで老いぼれを馬鹿にしに来たのか？」

「まさか。その逆だ」

「逆？　どういうことだ」

怪訝な顔をするレスター元侯爵に対し、アルヴィン王子はわずかに胸を張る。

「宰相の座に就くのはアイリスだ」

「馬鹿な、隣国の賢姫ではないか！　そのような暴挙、周囲が納得するものか！」

「納得させるだけの用意がある、と言ったらどうだ？」

「……なんだと？　一体、どうやって……いや、たしか貴様はあの娘と……なるほど、そういうことか。将軍と宰相で権力を二分するつもりか」

レスター元侯爵の問い掛けに、アルヴィン王子は小さく笑う。

「解《げ》せぬな。そのような話をなぜわしにする？」

「かつておまえが従えていた派閥を切り崩したい」

それこそ、アルヴィン王子がここに来た目的である。

フィオナ王女殿下の下、アルヴィン王子とアイリスで権力を二分してバランスを取るには、第三勢力の力を出来るだけ削る必要がある。

そのための一手として、おまえの力が必要だとアルヴィン王子は言った。

だが、その言葉を聞いたレスター元侯爵は大きく表情を歪ませる。

「まさか、そのための情報を寄越せと、そう言っているのか？」

「その通りだ」

「——ふざけるな！　貴様がわしを破滅させたことを忘れたか！」

レスター元侯爵がテーブルを叩いて立ち上がった。途端、部屋の外にいた兵士達がなにごとかと室内に踏み込もうとするが、アルヴィン王子がなんでもないと追い返した。

「誤解するな。おまえが破滅したのは、おまえ自身の責任だ。たとえ、魔族に操られていたのだとしてもそれは変わらない。おまえも分かっているはずだ」

「……ぐっ。だとしても、貴様に力を貸す義理はない！」

レスター元侯爵はかたくなに拒絶する。

だが、アルヴィン王子は引き下がらなかった。それどころか、席を立ったレスター元侯爵の下へと歩み寄り、彼の胸ぐらを摑んだ。

「これはおまえへの慈悲だ」

「……慈悲、だと？」

「やり方を間違ったとはいえ、おまえはフィオナの母、いまは亡きリゼッタ王太子妃のためを思って行動した。おまえはたしかに、リゼッタ王太子妃を娘のように愛していたはずだ」

「それがなんだというのだ！　わしは道を誤った！　リゼッタの想いを履き違え、あやつの愛娘をも殺そうとした！　その事実は、どのような事情があろうとも変わらぬ！」

「そうだ。だが、贖罪《しょくざい》は出来るはずだ」

「……贖罪、だと？　フィオナの地位を脅かす貴様をここで始末でもすればいいのか？」

不遜な態度を取る。レスター元侯爵は、ここで殺されてもかまわぬと言わんばかりである。

「ふっ、そういうことか」

レスター元侯爵とアルヴィン王子のあいだに大きな認識の違いがあった。それに気付いたアルヴィン王子は心配するなと笑った。

「レスター、おまえは大きな勘違いをしている。俺とアイリスが将軍と宰相の地位に就くのは、フィオナの地位を奪うためではない」

それこそがレスター元侯爵がかたくなな理由。

彼はかつてフィオナ王女殿下を殺そうとした。だがそれは、魔族に認識を歪められ、フィオナ王女殿下の存在が、リゼッタの幸せを奪った一因だと思い込んでいたからだ。

だが、その認識はあらためられている。いまの彼は、リゼッタ王太子妃が愛した娘であるフィオナ王女殿下のことを心配しているのだ。

だから、フィオナ王女殿下の地位を脅かす者に力を貸すことはない。

だが――

「レスター。もう一度言う、フィオナが存分にその力を振るえるように協力しろ」

「フィオナのためだと言うのか？」

「ああ。派閥のパワーバランスを保つには、他の勢力は出来るだけ小さいほうがいい。だが、おまえの作った派閥はいまもなお根強く残っている」

レスター元侯爵は優秀だったのだ。

だからこそ、彼が処刑されたと公表された後も勢力は残っている。

時間を掛ければ、あるいは力で押さえつければ、レスター元侯爵の派閥を潰すことも出来る。

だが、アルヴィン王子はそれをよしとしなかった。

いまなおレスター元侯爵を慕う連中を潰すのは惜しいと、そう思ったからだ。

「おまえの派閥を、アイリスの派閥に組み込みたい」

「……貴様の派閥ではなく、か？」

アルヴィン王子は答えない。派閥のパワーバランスを保ち、フィオナ王女殿下が思うままに力を発揮できるようにするためだという目的は既に告げているからだ。

代わりに、アルヴィン王子は最後の選択を迫る。

「選べ、レスター。これが、おまえにとって最初で最後の贖罪の機会だ」

果たして、レスター元侯爵は長い沈黙を経て首肯した。

王城にある大広間。

アルヴィン王子は皆が待つその部屋に足を踏み入れた。席に座っていた彼らは一斉に立ち上がり、アルヴィン王子に向かって頭を下げる。

「皆の者、待たせたな」

「アルヴィン王子におかれましてはご機嫌麗しゅう」

「リーヴィル辺境伯も壮健そうでなによりだ」

自らの支持基盤の筆頭格、リーヴィル辺境伯に言葉を返す。アルヴィン王子は続けて他の支持者にも一人ずつ声を掛けていった。

そうして挨拶を終えて席に着き、アルヴィン王子は皆を見回す。

「……さて、こうして集まってもらったのは他でもない。皆も聞いておろう。グラニス王が、フィオナを次期女王にすると宣言なされたことを」

アルヴィン王子の言葉に、その場にいる者達が思い思いに顔を見合わせた。

噂ではアルヴィン王子のことが触れられていない。そのことについて尋ねてもいいものか、尋ねるとして、誰が尋ねるのかと牽制し合っているのだ。

そうした混乱の中、リーヴィル辺境伯が口を開く。

「アルヴィン王子、質問をよろしいでしょうか？」

「ああ、もちろんだ」

「では恐れながら。フィオナ王女殿下が即位なさるという噂は聞き及んでおります。しかしながら、噂ではアルヴィン王子のことが語られていない。これは、どういうことでしょう？」

「俺が王配になるという件なら流れた」

ざわりと、大広間に動揺が広がった。

そうして支持者の一人がテーブルに手を突いて立ち上がる。

「なんということだ！　グラニス王は王子の貢献をお忘れになったのか！」

「落ち着け」

そう諭《さと》したのはリーヴィル辺境伯である。

「しかし、リーヴィル辺境伯、これでは、あまりにアルヴィン王子が――」

「いいから落ち着け。アルヴィン王子の御前《ごぜん》だぞ」

「……失礼いたしました」

リーヴィル辺境伯に諭された男が冷静になって座り直す。それを切っ掛けに他の者達も口を閉じ、リーヴィル辺境伯が皆の意見を代表するように口を開く。

「お聞かせください、アルヴィン王子。グラニス王は本当に、アルヴィン王子の貢献をお忘れになったのですか？　それとも、なにかお考えがあるのでしょうか？」

「結論から言えば、グラニス王は俺の貢献を忘れてなどいない。フィオナとの婚約がなくなったのは、俺とフィオナがそれを望まなかったからだ」

「なんと！　一体、どうしてそのようなことに？」

この世界において、政略結婚は珍しくない。

無論、結婚は愛する者と――という考えを持つ者もいるが、結婚は政治的な行為で、愛する者と結ばれるのとは別の話だと考えるほうが主流なのだ。

ゆえに、フィオナ王女殿下がアルヴィン王子との婚姻を望まぬことも、アルヴィン王子がフィオナ王女殿下との婚姻を望まぬことも、ここにいる者達はおおよそ理解できない。

敵対している訳でもなく、この国を一つに纏めるに足る二つの派閥を一つにする。その機会を手放す理由が何処にあるのか、ということだ。

なにより、彼らは家門の行く末をアルヴィン王子に賭けている。もしもアルヴィン王子が、愛などという理由で王配の地位を手放したのだとしたら、彼らはそれを許さないだろう。

「アルヴィン王子、なぜ望まなかったのか、お聞かせください」

リーヴィル辺境伯が静かに問い掛ける。

皆が固唾《かたず》を呑んで見守る中、アルヴィン王子は実に自然体で話し始めた。

「おまえ達は当然、アイリスのことを知っているな？」

「それは……いまや彼女を知らない者はいないでしょう。……アルヴィン王子と彼女が恋仲だという噂を聞いたことがありますが、まさかそれが理由では――」

ないでしょうね、と。リーヴィル辺境伯は最後まで口にすることが出来なかった。それを口にしようとした瞬間、アルヴィン王子が殺気を放ったからだ。

「俺は王子として、幼少よりこの国に尽くしてきた。おまえ達が一族の未来を賭《と》して、俺を支持していることも知っている。そんな俺が、それらを放り出すと思っているのか？」

「し、失礼いたしました」

アルヴィン王子に気圧《けお》された支持者達が一斉に頭を下げる。

「気にするな。この状況でおまえ達が動揺するのは無理もないからな。だが、心配する必要はない。俺はグラニス王より、将軍の地位を約束されている」

「おぉ、将軍ですか。それはおめでとうございます！」

皆は一斉に沸き立つが、もしもここにアイリスがいたら突っ込んでいただろう。わたくしに説明した手はずと、順序が違うではありませんか――と。

アルヴィン王子はアイリスに対し『アイリスを宰相にする対抗馬として、自分が将軍の地位に就くことになった』という順番で打ち明けると言っていたからだ。

だが、もしもここにアイリスがいて、さきほどのようなセリフを口にしていたら、アルヴィン王子はこう返していただろう。

賢姫ともあろう者が、あんな戯《ざ》れ言を信じたのか？――と。

そうして舌戦が繰り広げられていたに違いない。だが、ここにアイリスはいない。事情を知らない彼らは、アルヴィン王子が将軍の地位に就くと聞くことで心から安堵した。

そこに、影を落とすようにアルヴィン王子が付け加える。

「そして、アイリスには宰相の地位が打診されている」

フィオナ王女殿下とアルヴィン王子、その二人による統治。自分達の地位が安泰だと思った矢先に告げられた、第三勢力の登場というカオスな告白。

混乱するリーヴィル辺境伯達の真正面、アルヴィン王子は楽しげに笑った。

「心配するな。既に手は打ってある」

「おぉ、さすがはアルヴィン王子。それで、一体どのような手を打たれたのですか？」

さすがですと、あちこちから王子を褒め称える声が響く中、アルヴィン王子は軽く手を上げてそれを制する。

「そもそも、アイリスはリゼル国の公爵令嬢にして賢姫だ。隣国の要人がその地位を保ったまま、レムリアの行く末を左右するような地位に就くことは出来ない」

「……つまり、かの賢姫を排除することは難しくない、と？」

「その通りと言いたいところだが、彼女にはレスター侯爵派の残党が味方した」

「それはまことなのですか!?」

「ああ、事実だ。それに、彼女は賢姫という称号に相応しい知識を持っており、その政治力もずば抜けている。加えて武力もあるとなれば、排除することは難しい。なにより、それほどの人物を排除するのは、この国にとって大きな損失と言えるだろう」

「……たしかに、その通りですな。では、彼女を宰相に迎え入れると？」

「そうだ。彼女をこの国の人間として、この国に仕《つか》えるようにするための妙手《みょうしゅ》を打つ。俺はその妙案をグラニス王に進言し、直々に許可をいただいた」

「……まさかっ！　それは、つまり……」

「ああ。いまおまえ達が思い浮かべた通りだ」

アイリスをこの国の人間として、宰相としてこの国に尽くすようにするための一手。その方法を理解した彼らは一斉に沸き立った。

その一手は、確実に彼らに繁栄をもたらす神のごとき一手だと気が付いたからだ。

「……協力、してくれるな」

アルヴィン王子の問い掛けに、リーヴィル辺境伯は他の者達と顔を見合わせる。今日の話し合い次第では、彼らはアルヴィン王子に背を向ける覚悟を決めていた。

だが、それは杞憂《きゆう》だったと、ここにいるすべての人間が理解した。

「お任せください。我ら一同、必ずアルヴィン王子の目標を達成する力になりましょう」

建設中の町で摺り合わせをおこなった後、アイリス達はリゼルへと向かうことになる。

主要なメンバーはアイリス、それにエリオット王子とジゼルの三人だけ。フィオナ王女殿下やエリスは、魔物の使役の件を進めるため、建設中の町に待機することになった。

いつものフィオナ王女殿下なら同行したがったはずだ。だが、彼女は「魔物の件でみんなが安心できるようにがんばるね」とアイリスを送り出した。

即位するために、自分がやるべきことを理解している。

彼女は日に日に成長していく。

寂しくもあり、頼もしくもある。ちょっぴり複雑な想いを抱きながらも、アイリスは「行ってきます」と言ってリゼルへと旅立った。

こうして、一行は何事もなくリゼルの王都へと到着した。

王城の前に馬車が到着すると、速攻でエリオット王子とジゼルが陛下の呼び出しを受けた。

通常は数日、少なくとも旅の汚れを落としてからが普通なのに――と、アイリスは驚きながらも、いままでのあれこれを考えれば無理もないと、二人の背中を他人事のように見送った。

そんなアイリスの隣に、アイスフィールド公爵家の馬車が止まった。

降りてきたのは、アイスフィールド公爵家に仕える老執事。

「アイリスお嬢様、ご当主様がお呼びです」

「……え、いますぐ、ですか？」

「いますぐです。どうか、馬車にお乗りを」

「……分かりました」

ずいぶんと慌てていると驚きつつも馬車に乗り込んだ。それから、馬車は町中で許されるギリギリの速度でアイスフィールド公爵家まで走った。

そして、あれよあれよというあいだに、アイリスは父の執務室へと連れて行かれた。アイリスは執務机の前に立ち、椅子に座る父ハワードに視線を向ける。

「お父様、ご無沙汰しております。その後、お変わりはありませんか？」

開口一番に尋ねると、ものすごく恨みがましい視線が返ってきた。

「……お父様？」

「あれだけのことをしておいて、わしに変わりがないとおまえは思っているのか!?」

ハワードが眉を吊り上げた。完全に怒っているときの反応だと理解し、アイリスは躊躇《ためら》いながらもその理由を探る。

「あれだけのことと言うと……ジゼルに精霊の加護を与えた件ですか？」

「それは非常に感謝している。そなたが国を出たいま、アイスフィールド公爵家としてはもちろん、この国にも次世代の象徴は必要だったからな」

それなら安心ですねと笑いつつ、ではなんのことだろうかと首を傾げる。

「もしや、エリオット王子が開発したモルタルの技術をレムリアが取り入れたことですか？」

「その件も大変感謝している。ザカリー元王太子が失脚したいま、王太子になるのはエリオット王子が順当ではあるが、彼の功績はいまひとつ目立っていなかったからな」

「では、その関連の取り引きで、魔族との交易に一枚噛ませたことですか？」

「……もちろん感謝している。レムリアだけが魔族との取り引きを始め、リゼルが取り残されることになっていたら、両国の国力の差はすぐに開いていただろうからな」

その件も感謝されているらしい。では、お父様はなにをそんなに怒っているのかしら？　とアイリスは更に首を傾げる。

「もしや、レムリアを巻き込み、エリオット王子暗殺計画を防いだことですか？」

「たしかに、レムリア国に借りを作ることになったのは事実だ。だが、そなたの助けがなければ、エリオット王子が命を落としていた可能性もある。もちろん感謝しているさ」

「……そうなると、魔物を使役することになった件ですか？」

アイリスが問うと、ハワードはぴくりと眉を跳ね上げた。

「早馬が来たが、伝令の間違いではなかったのか。魔物を使役など、本当に可能なのか？」

「はい。実際に計画を進めています」

アイリスは経緯を報告し、ジゼルが一枚噛もうと頑張っていることも伝える。

「そう、か……ジゼルが頑張っているのなら、一方的に後れを取ることもないだろう。信じがたいことではあるが……まあ、よくやってくれたと感謝するべきだろうな」

「はあ……」

アイリスは気の抜けた返事をした。

そして、さきほどから疑問に思っていることを口にした。

「あの……でしたら、お父様はなにをそんなに怒っていらっしゃるのですか？　他にはこれといった心当たりはないのですが」

「そんなの、いまおまえが口にしたすべてに決まっているだろう！」

「すべて、ですか？　ですが、いまお伝えしたことには感謝しているのですよね？」

「感謝はしている！　感謝は、している！」

二回捲し立て、彼は荒い息を吐いた。

「……感謝は、している」

三度口にする――が、どう見ても感謝している者の反応ではない。アイリスは触らぬ神に祟《たた》りなしと、口をバッテンにして沈黙を守る。

ほどなく、深い苦悩の表情を浮かべたハワードが口を開いた。

「無論感謝はしているが、その一つ一つがどれも、国家を騒がす大事ばかりではないか！　しかも、本来であれば重鎮を集めて会議するような案件ばかり、事後報告で伝えおって！」

「……しかし、本国におうかがいを立てている時間はありませんでしたよ？」

アイリスの口添えがあったから、リゼル側は裏技的に介入できたのだ。そうしなければ、リゼルはレムリアが利益を得る様子を、ただ指を咥《くわ》えて見ていることしか出来なかっただろう。

「分かっておる。分かっておるからこそ、困っておるのだ。どれか一つなら英断だと素直に褒めることが出来ただろう。だが、この数ヶ月で幾たび王城を震撼《しんかん》させたと思っておる！」

「……という感じで、エリオット王子やジゼルは王宮で苦言を呈《てい》されている訳ですね」

わたくしはもはや関係ありませんが――というスタンスを取る。

それを理解したハワードは深い溜め息をついた。

「そなたは、もはやこの国の人間ではないと、そういうことか？」

「いまはまだ、この国の人間です。ただ、レムリアに移住するつもりではいます」

「そうか。アルヴィン王子の手紙は事実、ということか」

「……アルヴィン王子からの手紙ですか？」

「そなたがアルヴィン王子の……申し出を受けたと書かれていた。あの日、おまえがレムリアに行くと言い出したときから予想していたことではあるが……そなたは本当にそれでいいのか？」

いいも悪いも、そんな手紙をいつ出したんだろうと首を傾げる。

出立の直前であれば、アイリスに託せば済む話である。しかし、既にハワードが手紙を受け取っているということは、手紙が出されたのは、アイリスがリゼルに帰郷すると決まる前。つまり、フィオナ王女殿下の即位の宣言がある前だ。

であれば、宰相の件は関係ない。レムリアの人間でないため、いずれ家庭教師を解任されると、アイリスが悩んでいた頃の話だ。

(もしかして、気を利かせてくれたのでしょうか?)

分からない――が、せっかく父親が誤解してくれているのだ。ここでそんな手紙は知らないと言うよりも、話を合わせたほうが都合がいいというものである。そう思ったアイリスは「アルヴィン王子のお手紙にあった通りですわ」と答えた。

それを聞いたハワードは喜ぶような、それでいて寂しそうな、とても複雑な顔をした。

「そうか……あんなことがあって、すぐに国を出奔すると聞き、そなたの行く末をずっと心配していたのだが……まさか、本当にこんなことになるとはな」

「……お父様?」

「いや、そなたの人生だ。そなたがそれを望むのなら、わしは心から祝福しよう。それにレムリアの人間になったとて、そなたがリゼルに悪意を向けるとは思わぬからな」

「それは約束いたしますわ。レムリアの人間になったとしても、リゼルが故郷であることに、大切な家族が暮らす国であることに変わりはありませんもの」

「そうか……。ならばわしから言うことはない。好きになさい」

「ありがとうございます、お父様」

深い感謝を込め、アイリスは静かに頭を下げた。

そうして話が一段落したところで、ハワードが使用人にお茶の準備をさせる。ローテーブルの席に移り、向かい合って親子の語らいを兼ねた近況報告を始めた。

ほどなく、ハワードが少しだけ言い辛そうに「ところで――」と呟いた。

「……はい、なんでしょう？」

「ジゼルのことだ。同年代の他の令嬢と比べれば大人びているとはいえ、そなたの妹として見ると、まだまだ未熟と言わざるを得ない」

「お父様、わたくしと比べるのは……」

「わしは分かっておる。だが、世間の目はそうはいかぬ。賢姫のそなたがレムリアに移るとなれば、両国のパワーバランスが崩れるのは必然。そのとき、誰に期待が向くかは明白だ」

「そうして勝手に期待をしておいて、応えられなければ期待を裏切られたと怒るのですね」

「我らはそういう星の下に生まれたのだ。貴族としての暮らしを享受《きょうじゅ》している以上、それに責任が伴うのは当然のことだ」

それでも、ジゼルに掛かる責任は重すぎる。そう思ったのはアイリスだけではないようで、その言葉を発したハワード自身も苦々しい表情を浮かべていた。

「お父様、ジゼルが心配なら心配と、そう言えばいいではありませんか」

「な、なにを言う。そなたのことを突き放してきたわしが、ようやく自由に羽ばたこうとしているそなたに、ジゼルや国のために残ってくれ、などと言えるはずがないではないか」

アイリスはパチクリと瞬く。

いろいろな意味で、ハワードの言葉は予想外だった。

「お父様の言葉なら考慮すると、以前お伝えしませんでしたか？」

「覚えておる。しかし、この願いはあまりに勝手だ」

「たしかに、その願いは聞き届けられません。ですが、折衷案《せっちゅうあん》ならございますよ。ようは、ジゼルにわたくしの代わりが務まればいいのでしょう？　ジゼルが精霊の加護を手に入れたことはご存じのはずです」

「たしかに聞いた。賢姫に相応しい功績だ。だが……」

ハワードは一度言葉を切り、ものすごくなにか言いたそうな顔をした。アイリスが「なんですか、お父様」と首を傾げれば、彼は指でこめかみを揉みほぐした。

「……それは、おまえが授けたものなのだろう？　精霊の加護を他人に与えられる人間と、与えられた人間。どちらが上かなんて、考えるまでもない」

「正確には、わたくしが授けた訳ではないのですが」

「他人からすれば同じことだ」

「……まあ、そうですよね」

隠れ里にある精霊の溜まり場に行くことが重要なのだが、それを知る者は限られている。結局のところ、アイリスだけが精霊の加護を与えられる、という認識はさほど間違っていない。

「せめて、秘密裏に取り引きするべきだったたな」

「難しいところですね」

ジゼルに精霊の加護を与えたのは、姉から妹へのプレゼントという体を取っている。だが、エリオット王子との取り引きの一種、というニュアンスも含ませている。

だからこそ、エリオット王子との取り引きはスムーズに出来たのだ。内々に処理していたら、そのメリットが消えてしまっていた。

「そうか。どちらにせよ、済んでしまったことは仕方がない。他に、なにか方法は……」

「ありますよ。というか、わたくしは移住を認めてもらう代わりに、ジゼルの地位を確立するつもりです。だから、ご安心ください」

賢姫として、必ず成し遂げてみせると微笑む。

「……頼むから、これ以上ことを大きくしてくれるなよ？」

「なにを仰るのですか。ジゼルをわたくしに匹敵――いえ、わたくし以上の存在だと国内に知らしめるための計画ですよ。派手になるに決まってるではありませんか」

「……そうか、決まっているのか」

「はい」

「そうか……。そうかぁ……」

諦めの境地に至ったハワードは、無言でこめかみを押さえた。

3

父のハワードに報告を終えたアイリスは、久しぶりの実家で旅の疲れを癒やした。そうして麗《うら》らかな朝に目覚めた直後――王城から呼び出しを受けた。

「……忙しないですね」

呟きながら、アイリスは外交用のドレスで入城した。

本来なら謁見が許されるまでに何日も掛かるし、当日だとしてもしばらく待たされるのは当たり前。にもかかわらず、アイリスはそのまま謁見の間へと連れて行かれた。

やっぱり忙しないと嘆くアイリスだが、リゼル側も大体アイリスのせいで忙しないのである。

「アイリス・アイスフィールド公爵令嬢がいらっしゃいました」

謁見の間を護る衛兵が扉を開けて宣言する。

アイリスが中に足を踏み入れると、そこにはフレッド王、それにエリオット王子とジゼル、更にはこの国の重鎮達が勢揃いしていた。

周囲の視線が向けられる中、アイリスは赤い絨毯《じゅうたん》の上を歩く。

階《きざはし》の上にいるフレッド王に何処まで近付けるかはその者の身分で変わる。アイリスは賢姫としてではなく、他国の使者としての位置で足を止める。

だが――

「アイリス、もう少し近う寄るがよい」

「……はっ」

フレッド王の言葉に逆らう訳にはいかない。アイリスは更に歩みを進め、賢姫としての位置で足を止め、その場に膝を突く。

「フレッド王、ご無沙汰しております」

「うむ。賢姫アイリスよ、よくぞ戻った。報告を頼む」

（そういえば、レムリアの視察に行く的な建前が残っていましたね。いまでもなお、わたくしをこの国の人間だと周囲に印象付けたい、ということでしょうか）

エリオット王子から報告を受けているのなら、アイリスとの関係を少しでも強化しようとするのは当然だ。だが、この国に留まるつもりがないアイリスに、王の思惑に乗る理由はない。

だから、ここで突っぱねることも出来るのだが……と、アイリスはジゼルを見た。彼女を賢姫にするためには、それなりの舞台が必要となる。

そのための布石に利用するのは悪くない――と、微笑んだ。

「まずは建設中の町の進捗状況《しんちょくじょうきょう》について報告いたします。レムリアとリゼルの共同開発により、町の建設は急ピッチで進められています」

アイリスの報告に、周囲からわずかに戸惑いの声が上がった。アイリスがリゼルより先にレムリアの国名を口にしたからだ。

それはつまり、この国の賢姫であるはずのアイリスが、レムリアを優先している——という意味に他ならない。フレッド王のもくろみは一瞬で崩れ去った。

そのことにフレッド王も気が付いたが、自分で報告を求めた以上、止めることも出来ない。それを理解しているアイリスは、淡々と報告を続ける。

まずは隠れ里の技術をさっそく取り入れ、性能の高いポーションの開発をしていること。それらを含め、取り引きが活発になりそうなこと。エリオット王子とレムリアが交渉し、モルタルの技術を町の壁に使うことが決まったことを報告した。

アイリスがその順番で報告したことには意味がある。

アイリスの取り込みに失敗したフレッド王は別の一手を打つしかない。そこに、アイリスからエリオット王子に意識を逸らせるため『これらはエリオット王子の功績であると宣伝できますよ？』と、餌をぶら下げたのだ。

フレッド王はその餌に食い付き「どのような交渉があったのだ？」とアイリスに尋ねた。

「まずは、エリオット王子が開発なさったモルタルの件です」

アイリスの言葉を聞いた者達は、「あぁ……」と薄い反応を示す。

エリオット王子が開発したモルタルを町の壁に使おうと、自分達には関係ない——と、そんなふうに考えている証拠である。

だから、アイリスはその間違いを正す。

「両国が総力を挙げて開発中の町の壁に、エリオット王子が開発なさったモルタルが使われている。これにより、大陸中の者が、リゼル国の高い技術力を知ることになるでしょう」

その言葉を聞いた者達は、さきほどまでとは違って歓声を上げた。

（些細な意識誘導ですが、その効果は絶大ですね）

ある他人が成果を挙げ、素晴らしい評価を得た。

このような報告を聞いたとしても、自分のことのように喜ぶ者はいない。それどころか、他人の成功に嫉妬する人間もいるはずだ。

だが——

同胞が成果を挙げ、世界的に評価された。

このように聞かされたのならどうだろう？　同じ国の人間として誇らしい。そう思う者が現れるはずだ。アイリスは、そのように人々の意識を誘導したのだ。

とはいえ、その効果も万能ではない。少し落ち着けば、それほどの技術を他国の人間に教えるなんてもったいないと思う者も現れるだろう。

だからこそ、アイリスは次なる一手を口にする。

「二つ目は、その技術の提供と引き換えにある権利を手に入れました。これについては、エリオット王子自ら語っていただくのがよろしいのではないでしょうか？」

「ふむ。たしかにその通りだな」

フレッド王は早々にアイリスの取り込みを諦め、エリオット王子の功績を立てる方向に動いている。彼はすぐにアイリスの提案を受け入れ、エリオット王子へ顔を向ける。

「エリオットよ、どのような権利を手に入れたのだ？」

「はい。交易についての交渉権です」

エリオット王子の言葉に、重鎮達は「隠れ里との交易については、既におおよその話が決まっていたのではありませんか？」と疑問を呈した。

どうやら、この件はフレッド王を始めとした一部の者しか知らないようだ。

「隠れ里の件ではありません。交易の相手は――魔族です」

「馬鹿な、魔族だと⁉　奴らがどのような存在か分かって仰っているのですか⁉」

信じられないと、あちこちから否定的な声が上がる。先日、この国では魔族の影響を受けた者達が粛清されたばかりだ。それを考えればこの反応も無理はない。エリオット王子は臆《おく》することなく胸を張っているが、このままでは皆を信じさせることは難しいだろう。

それでも、エリオット王子は落ち着いた口調で皆を諭《さと》した。

「心配には及びません。我らの国に攻撃を仕掛けてきたのは一部の勢力のみ。魔王陛下が率いる勢力は、我らとの和平を望んでいるのです」

エリオットが演説をする。その横で、ジゼルが密かにアイリスに視線を向けてきた。決して縋《すが》るような視線ではないけれど、なにかを望む、強い意志を感じる。

アイリスが小さく頷くと、ジゼルはエリオット王子の演説が途切れた瞬間まえに出た。

「皆さん、信じられないのは無理もありません。しかし、エリオット王子が仰っていることは事実です。わたくしはレムリア国で魔王陛下に拝謁《はいえつ》いたしました」

「なんと、それは事実なのですか？」

重鎮の誰かが尋ね、ジゼルが力強く頷く。

「事実です。なにより魔族との交渉は、アイリスお姉様の橋渡しにより、レムリアが交渉していたことです。そうですわよね、お姉様」

ここで話を振ってくる。しかも、アイリスの言葉を保証する立場として、自分とアイリスが姉妹であることを強調している。そのしたたかさに、アイリスは小さく微笑んだ。

「妹の——ジゼルの言う通りですわ。わたくしは先の戦いで魔王陛下の側近と接触する機会を得ました。皆さんもご存じでしょう？　リゼル国に潜《もぐ》り込んでいた魔族を排除したことは」

それに関わっているとほのめかせば、彼らは思い思いの表情を浮かべた。

「人間と敵対する魔族がいる。これは紛れもない事実です。ですが、考えてみてください。リゼルに暮らす人間すべてが善人ですか？　わたくし達の味方ですか？」

方針や立場の違いで、親族であっても敵対することは珍しくない。それはつまり、敵対しているはずの魔族であっても、味方となり得る者がいてもおかしくはない、ということだ。

「重要なのは、魔族領を支配する魔王が、我々との和平を望んでいる、という事実です」

「しかし、アイリス様、魔族と取り引きする利点はあるのですか？」

「はい。実のところ、魔族がこの大陸を狙っているのは食糧事情によるものです。そして魔族領には、食糧以外の資源が多くあります」

アイリスの答えにギラリと目を光らせたのは、内政を担当する者達だ。いまでこそリゼルの食糧生産量は特筆するほど多くないが、それは需要と供給のバランスを考えてのことだ。需要が見込まれるのなら、供給を増やすことは難しくない。

それを理解すれば、魔族領は金のなる木に見えてくる。

一部の者が強い興味を抱いた。

そう判断した瞬間、アイリスはクルリと手のひらを返す。

「とはいえ、無理にリゼルが関わる必要はありません。本来であれば、魔族との交易はレムリアが単独でおこなう予定だったのですから」

不満ならどうぞ撤退を。こちらで独占しますから——と、ほのめかせば、内政大臣が「お待ちください、アイリス様」と顔色を変えた。

「はい、なんでしょう？」

「魔族との交易に介入する権利は、交渉でリゼル国が勝ち取った権利のはずでは？」

「……正確には、エリオット王子と交渉したに過ぎません」

介入の権利を持っているのはあなたではないと示せば、内政大臣は即座にその意図を理解し、アイリスが望んでいる言葉を口にした。

「フレッド王よ。私はエリオット王子の判断を支持いたします。この件は全力で進めるべきだと存じますが、フレッド王はいかがお考えですか？」

「うむ。そなたの言う通りだ。魔族とよい関係を築ければ、魔物による被害も減らすことが出来よう。この件はそなたが補佐をし、エリオット主導の下に纏めるがよい」

「かしこまりました」

これにより、エリオット王子の判断は高く評価され、彼が主導の下で、魔族との交渉を進めることとなった。

こうして、アイリスの謁見は終了。

詳細については、後日開催するパーティーの場で発表する——ということで纏まった。


「アイリス、そなたは残ってくれ」

「かしこまりました」

国の重鎮達が退出していく中、アイリスはその場に留まった。驚くべきことに、エリオット王子やジゼルまでもが退室していった。

　そうして他の者がすべて退室すると、フレッド王がおもむろに口を開く。

「アイリス、そなたは隣国に嫁ぐつもりなのか？」

「隣国へ移住する、という意味ではその通りでございます」

「……そうか。ザカリーとの婚約が破棄された以上、そなたの行動について口を出すことはせぬ。しかし、エリオットは未熟な身。ジゼルも優秀であるが……」

　アイリスの抜けた穴を埋めるには至らない、ということだろう。

「陛下のご懸念はごもっともです。しかし、ジゼルは精霊の加護を得ました」

「そのことは聞いている。そなたが授けたという事実は箝口令《かんこうれい》を敷いているが、人の口に戸は立てられぬ。いずれ周知されることとなるだろう」

「存じております。ただ、まずは陛下にお伝えしておくべきことがございます。ジゼルから、もしかしたらお聞きかもしれませんが……」

　隠れ里に精霊の溜まり場があることを打ち明ける。いまはまだ開かれていないが、交易が盛んになればあるいは……と。

「それはつまり、精霊の加護を得る者が今後は増えていく、ということか？」

「生半可《なまはんか》な実力では得られませんし、試練には危険が伴うのも事実です。それでも、いまよりは加護持ちが増えるでしょう。隠れ里の住人には多くの加護持ちがいますから」

「……それはまた、なんというか……」

英雄の時代の再来。

「多くの者が加護を得れば、その特別性は薄れていきます。とはいえ、特別性が完全になくなるものでもなければ、すぐになくなるものでもありません。とくに、初代女王に加護を与えた精霊は、今後も特別視されることでしょう」

「……たしかにその通りだ。だが、このタイミングでそれを口にする理由はなんだ？」

状況的に、アイリスが口にする必要がない、マイナスにしかならないはずの情報。

それを口にしたことで、フレッド王はなにかあるのだと悟った。子育てで失敗したとはいえ、彼も間違いなくリゼルの王であるということ。

それを理解したアイリスは、ちょっぴり口の端を吊り上げて笑った。

「わたくしが持つフィストリアの加護をジゼルに継承するのです。そうすれば、誰もがジゼルこそがこの国の賢姫だと認めざるを得ないでしょう」

「そのようなことが……」

「可能です」

魔王ディアロスから送られてきた預言書——乙女ゲームの原作シナリオに書かれていたことだ。アイリスは死の間際に、ジゼルに加護を継承している。

「しかし、その……加護は精霊が認めた者に与えるのであろう？　そなたが望んだからといって、加護の譲渡など出来るものなのか？」

「実のところ、フィストリアには断られました。ただ、ちょっとした事情でレアなケースを知っていまして。精霊はその気になれば、複数の相手に加護を与えることが可能なのです。そして、それならばかまわないと、フィストリアの了承を得ています」

「なるほど、継承ではなく、ジゼルにも加護を分け与えていただく、ということか。しかし、それでは、ジゼルがアイリスを越えたという目に見えた証明には……いや、まさか、そなたは――」

答えにたどり着いたであろうフレッド王が目を見張る。

「後日、報告を兼ねたパーティーをおこなうと仰いましたね？　その席で大々的に、フィストリアの加護をジゼルに継承してご覧に入れましょう」

「人々の目にはそう映るように振る舞う、ということだな。そなたは……本当にとんでもないことを思い付くな。重鎮を含めて、国民すべてを騙すつもりなのか？」

「あら、心外ですわ、フレッド王。必要なのは、ジゼルが新たな賢姫に相応しいと証明して、人々の心に安寧《あんねい》をもたらすことではありませんか。だから――共犯者になってくださいね」

実際に精霊の加護を継承するかどうかは重要ではないと笑う。

「……そなたは、そうやってザカリーを支えてくれていたのだな」

「陛下、既に終わったことです」

蒸し返されたくないと意思を示せば、フレッド王は諦めに似た表情で頷いた。

「では、これからのことを話そう。そなたは、ジゼルを賢姫に推薦するつもりなのだな？」

「はい。それが最善ですから」

フィストリアの加護を得れば、ほぼ自動的に賢姫の座を得ると言っても過言ではない。しかし賢姫の称号を与えるのは、あくまでもこの国の人間の意思によるものだ。

フレッド王が、他の家の令嬢を賢姫に――と考えているのなら事情は変わってくる。そんな状況でジゼルにフィストリアの加護を与えるのは悪手でしかない。

「アイリス、そなたがジゼルを次期賢姫に推す理由はなんだ？」

「……エリオット王子と恋仲であると聞いておりますが？」

知っているでしょう？　と、探りを入れれば、フレッド王は「そなたも知っておったか」と頷いた。その上で「そなたは賛成してくれるのだな」と呟いた。

アイリスとザカリー元王太子の件があったから、反対されると思っていたのかもしれない。あるいは、それが理由でハワードが既に反対した可能性もある。

「わたくしはジゼルの意思を尊重いたします。陛下こそ、不満はございませんか？」

「願ってもないことだ」

「では演出いたしましょう。エリオット王子とジゼルが、この国の未来を担えるように」

賢姫アイリスとフレッド王の、最初で最後の悪巧みが始まった。

4

フレッド王と悪巧みの計画を話し合ったアイリスは、翌朝になってジゼルを呼び出した。部屋を訪ねてきたジゼルは、何処か疲れた顔をしている。

「酷い顔ですね。昨日は眠れなかったのですか？」

アイリスはそう問い掛けながらジゼルの前に立ち、少し屈んで顔を覗き込んだ。青みを帯びた緑色の瞳、その下にうっすらとクマが浮かんでいる。

「昨夜はお父様からこんこんとお叱りを受け、直後にフレッド王から親書が届きました。お姉様、またなんだかとんでもないことを考えたそうですね？」

「貴女には話してあったでしょう？」

「聞きました。聞いていましたけど、まさか、あんな……」

周囲の耳を気にしてのことだろう。ジゼルは言葉を濁して顔を寄せてくると「本当に、精霊の加護を共有するなど可能なのですか？」と囁いた。

「その件ですが、実は条件があります」

「えっ!?」

フレッド王には、共有は可能だとだけ伝えてある。だからジゼルもそう聞いていたのだろう。

アイリスの言葉にピシリと硬直した。

「お姉様、条件とは、どういう……？」

「精霊が加護を与えるのは本来、実力を認めた相手だけ、ということです」

フィストリア曰《いわ》く、本来であれば、ジゼルに加護を与えた精霊の許可も必要になるらしい。

だが、フィストリアのほうが位が高いため、今回に限ってその必要はない。

だが、それとフィストリアがジゼルに加護を与えるかどうかは別問題なのだ。

「隠れ里で受けたような試練を受けろ、ということですか？」

「貴女がどのような試練を受けたかは知りませんが、おそらくそう違いはありません。ジゼル、貴女にはわたくしと戦い、その実力を証明していただきます」

「……お、お姉様とですか？」

ジゼルがびくりと身を震わせた。そうして自分の胸の前で両手を合わせる仕草は、アイリスに対して怯えているようにも見える。

「……ジゼル、加護を得るときに、なにかありましたか？」

「精霊に話し掛けられました。お姉様に加護を与えたという……精霊、達です」

「……そうですか」

アイリスが複数の加護を持っていると知ってしまった、ということだ。歴史的に見れば、決して類を見ないケースではないが、ジゼルにはショックが大きかったのだろう。

「ジゼル、貴女が尻込みする理由は理解しました。たしかにいまの貴女では、複数の加護を持つわたくしに遠く及ばないでしょう。ですが、それがなんだというのです？　貴女はエリオット王子の側に立つために努力すると誓ったのではありませんか」

「それ、は……」

唇をきゅっと噛む。自信を喪失してもなお、エリオット王子の側にありたいという気概はジゼルの心から消えていない。それならば大丈夫だと、アイリスは妹の前に膝を突いた。

そうして、下を向くジゼルの顔を見上げる。

「ジゼル、なにもわたくしに勝てと言っている訳ではありません。わたくしを相手に、実力を証明すればいいのです」

「ですが、それでは周囲を納得させられないのではありませんか？」

「貴女は未熟です。ですが同時に幼く、未来もある。これから少しずつ成長していけばいい。その時間を稼ぐための精霊の加護なのだから」

「わたくしもいつか、お姉様のようになれるでしょうか？」

「それは貴女次第です。ですが、八年前のわたくしは、いまの貴女より未熟でしたよ？」

幼少期のアイリスを知る者がこの場にいたら、そっと目を逸らしたかもしれない。しかし、アイリスの実力が突出したのはひとえに、前世の記憶を取り戻したからだ。

「……ジゼル。わたくしと比べられるのが辛ければ逃げてもかまいません。必要なら、わたくしが賢姫の代役を用意し、貴女には平和な暮らしを約束しましょう」

アイリスの言葉にジゼルはびくりと身を震わせた。

それを見たアイリスは微笑む。

「エリオット王子の側を離れたくないのですね？」

別の賢姫が現れれば、エリオット王子はその娘と結婚することになる。もちろん年回りなどにもよるが、アイリスが賢姫を用意する――というのはそういうことだ。

それが嫌だというのなら、辛くてもアイリスと比べられる道を進むしかない。

（幼いジゼルには酷な選択ですが……）

胸を痛めつつも、妹の決断を見守る。

ジゼルは長い沈黙の末、ゆっくりと顔を上げた。

「アイリスお姉様、試験を受けさせてください」

「覚悟は決まったようですね。では、試験は明日の早朝、中庭でいたします」

「明日でいいのですか？」

「ええ、今日は疲れているのでしょう？　明日の早朝。満を持して、賢姫に相応しい力を、わたくしとフィストリアに見せてくれることを期待しています」

そう言うなり、アイリスはソファにぽふんと身を投げ出し、そのまま肘置きにもたれ掛かると、だらしない恰好で本を読み始めた。それを見たジゼルがなにか言いたげな顔をする。

「……まだなにか？」

「いいえ、失礼いたします。お姉様」

ジゼルはそう言って退出していった。

それを見届けた後、部屋に待機していたイヴが「アイリス様、いきなりどうしちゃったんですか？」とジゼルが踏み込めなかったことを尋ねた。

「これはだらけているフリよ。ジゼルにあることを気付かせるためのヒントみたいなものね」

「……そのジゼル様は既に退出なさいましたが」

いつまでそんな恰好をしているんですか、はしたない――とでも聞こえてきそうな視線。アイリスはそっと視線を逸らし、ぽつりと呟いた。

「思いのほか、この姿勢が楽なことに気付いてしまったの」

忙しなく旅を重ねれば疲労が溜まるのは当然だ。賢姫としての立ち居振る舞いを保ち続けていたアイリスも、さすがに限界が近付いている。

ここらで少し休憩をと、アイリスは本で口元を隠してあくびをする。

「お疲れならベッドで休まれてはどうですか？」

「誰が訪ねてくるか分からないからそれは出来ないわ」

「……分かりました。ではお茶を用意いたします」

イヴが手際よくお茶とお菓子を用意する。

「ありがとう、イヴは気が利くわね」

「いえ、お褒めにあずかり光栄ですが、私はさきほどのアイリス様の意図が分かりませんでした。ヒントとは、一体どういうことなのですか？」

「わたくしが油断していると教えてあげたのよ」

アイリスの返答に、イヴはパチクリと瞬いて首を傾げた。

「試験は明日の早朝なのですよね？」

「たしかにそう言ったわね。だけどね、イヴ。賢姫とはなんだと思う？」

「魔精霊の加護を受け、人々から選ばれし国の象徴、ですよね？」

「そうよ。優れた人のことではあるけれど、決して闘いに長《た》けた人のことじゃないわ。それに、魔精霊が好むのは魔術に優れた人だけど、それも攻撃魔術に限ったことじゃないの」

付け加えるなら、フィストリアには情がある。預言の書にあった原作ストーリーのように、アイリスの最期の頼みを聞いて、ジゼルに力を貸すような性格なのだ。

面白いから――という理由で力を貸す可能性もなきにしもあらずだ。

「ええっと、賢姫が決して武力で選ばれる訳ではない、ということは理解しました。でも、試験は明日なのですよね？」

「そうね。でも、わたくしが受ける側の人間なら、今夜にでも罠を仕掛けに行くわ」

「わ、罠ですか？」

「ええ。作っちゃダメなんて言ってないもの。試験はもう始まっているのよ」

賢姫が、ジゼルがこれから進むのは、権謀術数にまみれた世界。正々堂々となんて言っていたら、あっという間に海千山千《うみせんやません》の貴族達の食い物にされてしまう。

いまのジゼルに足りていないのは狡猾《こうかつ》な精神だ。

「あの子がどんな答えを出すか、楽しみにするとしましょう」

翌日、アイリスは刺繍を施した真っ白なワンピース姿で中庭に顔を出した。ジゼル相手にならワンピースは汚れない。戦闘服を身に纏う必要もない――という分かりやすい挑発。

そうしてジゼルを待ちながら、中庭の様子をうかがう。

（とくに、罠を仕掛けたとおぼしき痕跡はありませんね……）

巧妙に隠されているだけ、という可能性はある。だけど、もしもアイリスがジゼルの立場なら、先に待ち合わせ場所で待機して、相手が罠の痕跡を探すことを阻止する。

（あるいは、後から顔を出すことで、先にこの場にはいなかったと印象付けて、罠を仕掛けたと思わせない作戦でしょうか？）

アイリスに痕跡を気付かせないレベルの罠を仕掛けているのなら、その可能性もないとは言い切れない。けれど、ジゼルにそこまで期待するのは酷かもしれない――と考える。

そうしてしばらく待っていると、ようやくジゼルが姿を現した。

ジゼルは杖一つで、防具は身に着けていない。けれど、いつもはツインテールにしている髪を一つに纏め、ドレスではなく運動に適したシャツとズボンを身に着けている。

実際の剣戟を想定した訓練を前提に、もっとも戦いやすい恰好を選択していた。

だが、アイリスが興味を抱いたのは別のことだった。

「ジゼル、それはなんのつもりかしら？」

「賢姫に相応しい力を見せるよう、お姉様に言われて考えたのです。賢姫に相応しい力とはなんだろう、と。そして不思議に思いました。賢姫とは決して、個人としての戦闘能力が高い人間に与えられる称号ではないはずなのに、どうして模擬戦なのか、と」

「いい疑問ね。それで、どうしてそういう結論になったの？」

アイリスはあらためてジゼルの隣へと視線を向ける。彼女の隣にはエリオット王子が立っていた。彼もまた、シャツとズボンという姿で、その手には殺さずの魔剣が握られている。

「アイリスさん、おはようございます」

「おはようございます、エリオット王子。まるで試験に参加するような恰好ですね？」

「お察しの通りです。僕は、ジゼルと共に戦います」

なぜ——と、アイリスはジゼルに視線を戻した。

「わたくしはお姉様の後を継いで賢姫になります。そのためには、お姉様に実力を証明しなくてはいけない。でも、わたくし一人ではきっと無理。だから、知恵を絞ったのです」

「……それが、エリオット王子の手を借りる、ということですか」

「わたくしは、エリオット王子と共に歩む者ですから」

ちょっぴり恥ずかしそうに宣言した。隣でエリオット王子も照れている。わたくしはなにを見せられているのかしら――と、アイリスは内心で苦笑した。

だけど――

「悪くはない発想です」

自分の仕えるべき相手を戦闘に巻き込んでどうする――という意見もあるだろう。

たしかにその通りだ。

だけど、二人はこれから様々な困難に向き合うことになる。二人が協力しなければ、決して乗り越えられないような困難がきっとある。

だからアイリスは、ここでパートナーに頼るのが愚かな選択だとは思わない。

もっとも――

「わたくしなら、騎士を率いるくらいはしましたけど」

ジゼルが目を見張って、それからなんでもないふうを装って溜め息をつく。

「……お姉様、それはさすがに悪辣《あくらつ》すぎませんか？」

「あら、賢姫は兵を率いることもあるのよ。知らなかった？」

「言われてみればそうですね。次の機会があればそうします。ですが、そう仰るということは、助《すけ》っ人の参戦を認めてくださる、ということでよろしいのですね？」

「ええ、もちろんです。それでは試験を開始します。何処からでも掛かってらっしゃい」

アイリスもまた殺さずの魔剣を携え、エリオット王子とジゼルの二人と相対する。それはさながら、原作ストーリーにある、悪役令嬢のアイリスと二人が戦うシーンのようだ。

（あのシーンのように、いがみあっている訳ではありませんが……）

ジゼルがエリオット王子を伴って現れたという部分には運命的ななにかを感じる。それでも、負けるつもりはないと、アイリスは殺さずの魔剣を下段に構えた。

直後、ジゼルが「――行きます」と宣言して空に魔術を放った。

「開始の合図など必要ありませんよ」

アイリスが開始と口にした瞬間から試験は始まっている。アイリスはジゼルとエリオット王子のあいだの地面に魔法陣を出現させた。

氷の礫《つぶて》が噴き上がるが、二人は左右に分かれて横っ跳びで回避した。

「悪くない反応ですが――逃げる方向を間違えましたね」

魔術を発動させるのと同時、地を這うように駆け出していたアイリスはエリオット王子に躍り掛かった。間合いに入る瞬間に殺さずの魔剣を振るう。

彼は寸前で受け止める――が、複数の加護を得たアイリスの一撃は、屈強な男の一撃にも匹敵する。威力を見誤ったエリオット王子は大きく体勢を崩してしまった。

「エリオット王子！」

ジゼルが牽制の魔術を撃とうとするが、アイリスは巧みに位置取りを変えて、ジゼルの射線にエリオット王子を挟むように移動し牽制する。

「言ったでしょう、逃げる方向を間違えたと」

ジゼルは接近戦が苦手で、エリオット王子は魔術が使えない。前衛と後衛という役割を持つ以上、二人は常に互いの位置関係を気にしなくてはいけない。

（預言の書の戦闘シーンでは、素晴らしい連携を取っていたようですが……物語として美化されているだけか、はたまたいまの二人に経験が足りていないのか……）

おそらくは両方だろう。

アイリスは二人の連携の穴を巧みに突いて、けれど致命的な攻撃はしない。『いまのは危なかった』『次は気を付けないと』と、そんなふうに思わせることで、二人の成長を促していく。

その状況を四半刻ほど続ける。

二人は決して弱くないが、まだまだ未熟な部分が目立っている。

なにより、これはジゼルの賢姫としての資質を見極めるための試験だ。いまのまま実力不足に甘え、ただ負けるようであれば、賢姫としては失格もいいところである。

「――ジゼル、貴女の手はエリオット王子を連れて来たことだけですか？　それならば、期待外れもいいところですよ。奥の手があるのなら見せてごらんなさい！」

「言われずともっ！　行きますよ、お姉様！」

言うやいなや、ジゼルは大空に向けて魔術を放った。一抱えほどある氷の球が天へと昇っていくと——それがパリンと割れてアイリス目掛けて降り注ぐ。

上空からの攻撃で、避けられる方向は限られている。それに加え、上空に意識を向けている以上、地上からの攻撃は避けにくい。とはいえ——

（二人の位置は把握しています。こちらに避ければ——っ）

追撃は怖くない。そう思った瞬間、背筋に寒気が走った。

直後——アイリス目掛けて無数の攻撃魔術が飛んでくる。正面のいくつかはジゼルが放った魔術だ。けれど、残りの魔術は異なる方向から放たれている。

なぜ——と考えるより早く、アイリスは全力でその場から飛《と》び退《しさ》り、とっさに拳を打ち合わせて拳精霊の加護を発動させ、炎に対する耐性を得る。それとほぼ同時、最初の魔術がアイリスの足元に着弾して弾け、連鎖的に発生した爆風がアイリスに襲い掛かる。

「——くっ」

拳精霊の加護は一属性の攻撃に限り無効化することが出来る。耐性を得たのは炎に対してなので、爆風の熱気は防げても、爆風に飛ばされるあれこれまでは防げない。

反射的に張った結界で土砂を防ぐが、それによって視界が遮られる。刹那《せつな》、アイリスがとっさに仰《の》け反《ぞ》ると、結界ごと土砂を斬り裂いた殺さずの魔剣が、アイリスの目前を通り過ぎた。

直後、視界の端に映る煌めく光。とっさに顔を傾ければ、頬を掠めるように氷の礫が過ぎていった。アイリスは大きく跳び下がり、全方位に対する警戒を強める。

ずいぶんと追い詰められたが、一連の攻撃を凌ぎ切った。

「……なかなかやりますね、ジゼル。少し予想外でしたよ」

「お姉様が認めてくださいましたから、安心して奥の手を使うことが出来ました。もっとも、その奥の手すら、すべて回避されてしまいましたが……」

ジゼルが悔しそうに唇を噛む。

さきほどの波状攻撃は、周囲に伏せていた魔術師達によるものだ。アイリスが冗談交じりに口にした、わたくしなら騎士を率いるという言葉をジゼルは実践していたのだ。

「エリオット王子を同行させたのは、わたくしから同意を得るためですね？」

「はい。助っ人を認めないと言われたら、さすがに伏兵を使う訳にはいきませんから」

「……なるほど。わたくしのセリフを誘導しましたね」

ジゼルはエリオットと限定せず、助っ人の参戦を認めてくれるかと聞いてきた。あの時点で既に、アイリスはジゼルの話術にはまっていたのだ。

面白い――と、アイリスは笑う。

「わたくしの期待に応えてくれるとは思っていましたが……期待以上です」

「不意を打っての攻撃ですら、お姉様に届きませんでしたが……」

「いいえ、届いていますよ」

アイリスはそう言って頰を親指で擦る。指の腹がわずかに血で滲んだ。さきほどの礫が、アイリスの頰を掠めていたのだ。複数の加護を持ったアイリスに一撃を入れた。

(フィストリア、これでジゼルを認めてくれますよね?)

心の中で問い掛ければ、肯定の意思が返ってきた。

これで目的を果たすことは成功したのだが——

(魔術師が参加するのは計算外でした。このままでは、わたくしとジゼルの実力差が際立って見えてしまいます。ここは一つ、ジゼルのために一肌脱ぐとしましょう)

「ジゼル、貴女の知恵と勇気にフィストリアは満足いたしました。その褒美として、貴女が継ぐ力の片鱗《へんりん》を、いまここでお見せしましょう」

分かりやすくフィストリアを顕現させ、彼女から与えられた加護を全力で発動させる。そうして片手を天に掲げ、大空に巨大な魔法陣を描き出した。

その魔法陣から、無数の氷の槍が生まれ出《い》ずる。

「お、お姉様、あの魔法陣は一体? それに、その女性は……っ」

「言ったでしょう。貴女が手にする力だと。……動くと、危ないですよ」

満面の笑顔で右腕を振り下ろす。

刹那、魔法陣から現れた氷の槍が雨のように降り注いだ。一瞬で地面が氷で出来た針山のようになり、ジゼルやエリオット、それに周囲に潜む魔術師達の周りを埋め尽くした。

立っているのはアイリス、それにジゼルとエリオット王子の三人だけだ。圧倒的な力を見せられた他の者達は、声もなくへたり込んだ。

そのタイミング、アイリスはさきほど口にした言葉を、皆の心に刻み込むように繰り返す。

「これが、貴女が継承する力です」

５

試験を終えてから数日後、王城で記念パーティーが開催された。

詳細はパーティー会場で発表されるという触れ込みだが、ようするにエリオット王子達が国を出て、あれこれ成し遂げたことを表彰するパーティーである。

建設中の町の件は、多くの者達の耳に入っている。だが、他の件は箝口令が敷かれているため、一般参加の者達は隠れ里との交易の件で盛り上がっていた。

そんな周囲の声に耳を傾けながら、アイリスはパーティー会場を進む。彼女は光沢のある青いシルク生地で仕立てた煌びやかなドレスを纏っている。

レムリアを出立する前、アルヴィン王子から贈られたドレスである。

当の本人は、レムリアの生地を使ったドレスを纏うことで、自分がレムリアの人間になるのだと周囲に知らしめてこい、という意味だと思っている。

ただし、これが多感なご令嬢達から見ると少し事情が異なる。

彼女達の視点では、この国の公爵令嬢が、他国の生地で作ったドレスを纏っているのだ。アイリスにドレスを贈った殿方はどなたかしら？　といった感じである。

そして当然、青いドレスから、青い瞳のアルヴィン王子が浮かび上がる。そういえば――なんて声も上がっているが、アイリスの耳にまでは届かない。

そのまま会場の中程まで進むと、ほどなくしてアイリスと交友のある者達が話し掛けてくる。彼らの興味は、アイリスが誰を支持するのか、ということである。

ザカリー元王太子派の者達は第三王子を擁立《ようりつ》して、巻き返しを図ろうとしている。アイリスにしてみれば、エリオット王子と、幼すぎる第三王子では比べるまでもないことだ。だが、彼らはアイリスを第三王子派に引き込めば、流れが変わると信じているのだ。

「アイリス様はどのようにお考えですか？」

第三王子派の貴族の娘が探りを入れてくる。

「わたくしはジゼルの味方です。それに……わたくしが語るまでもなく、今日のパーティーで、陛下がいろいろと発表なさるおつもりのようですよ」

つまりは、陛下の意志に従うという意味。そして、詳しくはその発表を聞いてくださいと躱《かわ》し、アイリスはするりと人の輪から逃げ出した。

それからほどなく、パーティー会場から上階へと続く階段にフレッド王が現れた。彼は開口一番にエリオット王子の功績を称える。

――と、ここまで来れば、皆はフレッド王の思惑を理解する。すなわち、フレッド王はエリオット王子を次期国王、王太子に任命するつもりなのだ、と。

素晴らしいと拍手をするのはエリオット王子を擁立する派閥で、苦々しい表情を浮かべているのは、ザカリー元王太子派である。

だが、そんなふうに反応が分かれていたのも最初のうちだけだ。

モルタルの技術を有効利用したという話が終わり、次の魔族と交易をするという件では会場が大きくどよめいた。そしてオマケのように告げられる、魔物を使役するという爆弾発言。

理解が遠く及ばない報告の数々に、会場は騒然となった。

しかし、フレッド王が説明を重ね、それらが現実味のある話であると知った者達は再び目の色を変える。自分達の領地を拡大するチャンスだ、と。

魔族との交易は、エリオット王子やアイスフィールド公爵家が主導権を握っている。とはいえ、交易をする港町は王都から離れた場所にあるため、そこから王都に続くルートも賑わうことになる。

魔物の被害が減るのなら、農業や産業を盛んにおこなえる領地もある。

いまからでも利権に食い込むことだって不可能じゃない――と。このように、貴族達の思惑が錯綜《さくそう》していたのだ。

（実際、エリオット王子派と、ザカリー元王太子派が対立していたのは、自分達の利益のためですからね。魔族との交易は、派閥に関係なく影響を受けますもの）

利益のためなら、昨日の敵とも手を取り合うのが貴族である。

極論ではあるが、自分が利益を得られるのなら、エリオット王子が王になろうと、第三王子が王になろうと、どちらでもいい、という者も少なくない。

とくに、ザカリー元王太子派はそういう傾向が強い。

ザカリー元王太子が失脚して、いまからエリオット王子派に入っても旨味が少ない。ならば、起死回生で第三王子を担ぎ上げよう――という思考の者が多いからだ。

そんな訳で、様々な思惑が飛び交う会場。

階段の半ばで演説をおこなっていたフレッド王が階上を指し示した。

「今回の功労者達を紹介しよう。我が息子エリオットと、息子を支えてくれたジゼル嬢だ」

魔導具によるスポットライトが当てられる。そこには、煌びやかな純白の礼服を着るエリオットと、彼にエスコートされる、やはり純白のドレスを身に纏うジゼルの姿があった。

一般的に、エスコートをするのは身内。

でなければ婚約者や恋人といった異性が選ばれる。

しかも、仲睦まじい姿で現れた二人は、揃って純白の礼服。この光景、この演出を見せられて、その意味を理解できない者はこの場には一人もいなかった。

だが、だからこそ、それを歓迎する者と、そうでない者に分かれた。

エリオット王子派の者達を中心に拍手喝采が沸き起こるけれど、王太子妃の地位を狙っていた家の者や、ジゼルの能力を不安視する者などの拍手はおざなりだ。

だが、それは想定のうちであると、フレッド王が更に言葉を重ねる。

「この場に二人が揃って現れた理由を理解できない者はいないだろう。その上で、まだ表舞台に上がっていないジゼル嬢の能力を不安視する者もいると思う」

フレッド王が周囲を見回せば、一部の者は小さく頷き、またある者は目を逸らす。

「しかし、ジゼル嬢はあのアイスフィールド公爵家の次女、つまりはアイリス嬢の妹だ。彼女は姉と同様に厳しい教育を受けて育った。そして先日、精霊の加護を受けたのだ！」

精霊の加護という言葉に会場が沸き上がる。初代賢姫が建国したこの国にとって、精霊の加護を得るというのはそれだけ特別なことなのだ。

けれど――

「それを機に、彼女は現賢姫アイリスから、その地位を譲り受けることとなった」

その言葉には動揺が広がった。やはり、この国にとってアイリスの存在は大きすぎる。新たな賢姫の登場よりも、アイリスの存在を失うことのほうが痛手だと思うほどに。

アイリスの存在が、ジゼルの栄光に影を落としてしまう。

(だから――)

アイリスの想いに応えるように、フレッド王がアイリスに視線を向けた。

「アイリス、継承の儀式を」

「かしこまりました」

アイリスは恭しく頷いて、フレッド王の下まで進み出た。それからフレッド王にカーテシーをして、階段を上ってジゼルの下へ向かう。

「エリオット王子、ジゼルをお借りいたしますね」

「うん、よろしくね」

許可を得たアイリスはジゼルの腕を取り、皆が見渡せる階上でジゼルと向き合った。

「……ジゼル、覚悟は出来ていますね?」

実のところ、フィストリアは既にジゼルに加護を与えている。ゆえに継承の儀というのは、見ている者達へのパフォーマンスに他ならない。

だが、その演出をもって、ジゼルはこの国の未来を担う賢姫となる。アイリスと同じ働きを求められるイバラの道だ。

それでもいいのかと問うアイリスに、ジゼルはゆっくりと頷いた。ジゼルの覚悟をたしかめたアイリスは、階段の下に広がるフロアにいる人々を見下ろしながら演説を始める。

「精霊の加護は、精霊に認められた者だけが得られる恩恵です。わたくしの妹、ジゼルはこの歳で既に精霊の加護を得ることに成功しました。それは、さきほどフレッド王が語られた通りです。ですがそれだけでなく、このたびはフィストリアにも気に入られました」

ざわめきが強くなる。「そのようなことがあるのか？」「では、彼女はアイリス嬢以上の才能を秘めているのか？」なんて言葉が聞こえてくる。

アイリスはその声が静まるのを待ち、再び口を開く。

「その後、わたくしとフィストリアが話し合った結果、一つの結論を出しました。それは、この国の未来を担うジゼルに、フィストリアの加護を譲渡する、というものです」

この国の未来を担うのは自分ではない——と暗示しつつ、アイリスは精霊の加護の譲渡を宣言した。本当は、真っ赤な嘘だなんておくびにも出さずに。

「それでは、継承の儀式を始めます」

再びジゼルと向き合えば、彼女は段取り通りに来賓に対して横を向き、アイリスを前に跪《ひざまず》いた。それを受けたアイリスは、一歩下がった位置で右手を天に向ける。

「フィストリア！　リゼルを建国せし初代賢姫と共に戦った偉大なる魔の精霊よ！　この国の未来を担う、才能あるジゼルに汝《なんじ》の加護を与えたまえ！」

高らかに叫び、ジゼルの前にフィストリアを顕現させる。

「あ、あれはまさか……精霊？　フィストリア様か!?」

「まさか、精霊が自ら顕現し、ジゼル嬢に加護を与えようというのか⁉」

「信じられませんわ。そんなケースは歴史を遡《さかのぼ》っても聞いたことがありません！　ジゼル様がそれだけの才能をお持ちだなんて……素晴らしいですわ！」

今日一番のざわめきが会場を支配した。ちなみに、説明口調なざわめきが混じっているのは、アイリスによる仕込みなのだが――それはともかく。

フィストリアはジゼルと額を合わせ、その接点を中心に淡い光を放つ。そうして幻想的な加護の継承を演出すると、フィストリアはすぅっと消えていった。

「これにて、継承の儀を終わります」

アイリスはそう宣言し、ジゼルをエスコートしてエリオット王子の下へと返す。そうしてアイリスが脇に避けると、エリオット王子がジゼルの手を取って前に出た。

「皆の者、新たな賢姫の誕生だ！」

わあああああと、歓声が上がった。

さきほどよりも歓声を上げる者が多い。ジゼルの能力を不安視していた者達が味方することで、賛成勢力が反対勢力を塗り潰していく。

二人を祝福する者が過半数を大きく上回る。それを確認したフレッド王が静まれと手を上げた。それを見た者達が口を閉ざし、再び会場が静寂に包まれる。

「今日は大変めでたい日である。だが、報告はこれで終わりではない。このめでたい日に更な

る報告がある。エリオット、自らの口で語るがよい！」

フレッド王がエリオット王子に主導権を譲る。

「僕は共に歩む者としてジゼルを選びました。そしてそのことを当人に伝え、父フレッド王並びに、アイスフィールド公爵にも認めていただきました」

エリオット王子がジゼルを見て微笑み、ジゼルもまた、はにかんで応じた。その微笑ましい光景を前に、フレッド王が高らかに宣言する。

「リゼルに再び、王族と賢姫の結ばれる時代がやって来た。わしはこの決定を受け、エリオットを王太子に任命することを決定した。よって、いまこの瞬間より、エリオットは王太子となり、ジゼル嬢は未来の王太子妃となる！　新たな時代の到来に祝福を！」

「新王太子、万歳！　未来の王太子妃、万歳！」

誰かが祝福の声を上げ、それが会場中に広がっていく。

この日、リゼルは新たな時代の始まりを迎えた。

6

おおむねはアイリスの計画通りに事が運び、エリオット王子は無事にリゼル国の王太子に任命され、ジゼルは賢姫として未来の王太子妃の地位を得た。

こうして、目的を果たしたアイリスは方々に挨拶をしてリゼル国を後にした。

帰りの道中は迅速に、建設中の町でフィオナ王女殿下と合流して王都へと帰還する。こうしてレムリア国に帰還すると、すぐさまクラリッサがアルヴィン王子の使いとしてやって来た。

「アルヴィン王子が出来るだけ早く面会を、とのことです」

「最近の人達はせっかちですね……」

普通は面会の予定を入れるだけで数日掛かるこの世界で、アイリスの周囲だけ時間が歪んでいるかのようだ。アイリスは肩をすくめて、「明日の朝に会いに行きます」と伝えた。

「アルヴィン王子は出来るだけ早くと仰っているのですが……」

「長旅より戻ったばかりです。使いを寄越《よこ》す余裕がある話なら明日にしてください」

「……あぁ！　旅の汚れを落とし、おめかしをしてから、という訳ですね」

「なっ、違います。わたくしはただ、急すぎると言いたいだけで——」

「大丈夫、分かっています。お任せください、アイリス様。アルヴィン王子には、乙女の準備は時間が掛かると伝えておきますから！」

クラリッサは言うが早いか、満面の笑みで踵を返して去っていった。引き止めようと手を伸ばしたアイリスだが、もうそれでいいですと不貞腐《ふてくさ》れて見送った。

その後、アイリスは湯浴《ゆあ》みをして就寝した。そうして翌朝、深紅のドレスを纏って身だしなみを整えて、アルヴィン王子の下を訪ねた。

「……久しいな、アイリス。そして深紅のドレスとは珍しい」

「王子の第一声次第では、ブラッディーカーニバルも辞さない覚悟でした」

「物騒な。というか、俺がなにを言うと思ったんだ？」

「……いえ、なんでもありません」

クラリッサとのやりとりから、開口一番にからかわれることを警戒していたアイリスは、ちょっと予想外の反応に首を横に振った。

「そうか？　まあ、なんだ……深紅のドレスも似合っているぞ」

「……ぶっとばしますよ？」

指先で髪を弄びつつ、アイリスはちょっと照れくさそうに口にした。

「……本気でどうかしたのか？　今日のおまえはなんだかおかしいぞ」

「やっぱりぶっとばします！」

踏み込んで突き上げるように掌底を放つが、アルヴィン王子は首を捻《ひね》って回避する。そうして、アイリスが突き上げた腕を掴むと、もう片方の手でアイリスの腰を引き寄せる。

「理不尽だが、いつものおまえに戻ったようだな」

「ぐぬぅ……」

なにを言っても無駄だと思ったアイリスは、アルヴィン王子の手を振りほどいてソファに腰を下ろす。アルヴィン王子は笑って、アイリスの向かいの席に腰を下ろした。

アイリスは上目遣いでアルヴィン王子を見る。

「それで、わたくしを呼んだのは、派閥の件ですか？　アルヴィン王子は自分の派閥の人々を納得させることが出来たのですか？」

「ああ。いくつかの条件と引き換えに、納得させることに成功した。おまえが協力すると言ってくれたおかげだな」

「……わたくしはなにもしていませんよ？」

「いや、おまえのおかげだ」

アルヴィン王子が断言する。

そのニュアンスの不自然さにアイリスは小首を傾げる。

「……わたくしがなにをしたのですか？」

「以前話した通りだ。俺が将軍で、おまえが宰相になる。そのために必要な手続きをした。無論、アイスフィールド公爵の許可も得ているぞ」

「あぁ……手紙が届いたとか言っていましたね。なるほど、わたくしをこの国の人間として宰相に押し上げつつ、それに対抗する形で将軍の地位に就く作戦を実行したのですね」

いわゆるマッチポンプであり、アイリスがアルヴィン王子から聞いていた計画だ。

「ああ。無論、些細な問題は生じたが、それもあれこれ画策してねじ伏せた。おまえも、フィオナの側にいるためなら些細なことは気にしないだろう？」

「よく分かっていますね。フィオナ王女殿下のためなら手段を選びません」

そう宣言すると、アルヴィン王子は満足気に頷いた。

それからほどなく、今度はグラニス王に呼び出される。アイリスがアルヴィン王子の下を訪れていると知っていたようで、話が終わったら来て欲しいと言われたのだ。

さすがにそんなことを言われては急いで行くしかない。アイリスはアルヴィン王子との話を早々に切り上げ、グラニス王の下へと向かった。


招かれたのは中庭に用意されたお茶会の席だった。グラニス王とアイリス、二人きりのお茶会。いつもはないに等しい社交辞令から入り、そして他愛もない雑談に花を咲かす。

よほど、切り出しにくい話題なのだろう。そんなふうに考えながらお茶を飲んでいると、会話が途切れ、グラニス王がおもむろに口を開いた。

「……アルヴィンから話を聞いた。ずいぶん、思い切った決断をしたようだな」

「フィオナ王女殿下の側にいられるならと、そう判断しました」

「そう、か。そなたは本当にフィオナが好きなのだな。それ以外の感情が……いや、これは無粋な質問だな。いまの言葉は忘れてくれ」

「……？　かしこまりました」

アイリスは小首を傾げ、けれどすぐにその疑問を記憶の片隅へと追いやった。それよりも、アイリスにはたしかめなくてはならないことがあるからだ。

「グラニス王、わたくしが宰相として、フィオナ王女殿下の側にいることを許してくださるのですか？　わたくしは、それこそが気になるのです」

「無論だ。そなたがアルヴィンの提案を受け入れた瞬間より、そなたはこの国の人間になることが決まったのだ。それを、今度のパーティーで大々的に発表しよう」

「……よろしいのですか？」

「わしこそ、そなたに聞きたい。レムリアに骨を埋める覚悟は出来ているのだな？」

「はい。賢姫に二言はありませんわ」


グラニス王とのお茶会を終えたアイリスは、ようやく日常へと戻った。フィオナ王女殿下の家庭教師として、彼女が即位するための準備を進める日々だ。

フィオナ王女殿下が即位する日はまだ決まっていない。

あくまで、フィオナ王女殿下の即位が決定した――という段階。とはいえ、彼女の即位は決定事項であり、そのために必要な準備は多く残っている。

その一つとして、大規模なパーティーがおこなわれることとなった。フィオナ王女殿下の功績を称えると同時に、各派閥を纏めるためのパーティーでもある。

アルヴィン王子とアイリスの役職についてもそこで宣言される予定だ。

――という訳で、アイリスはフィオナ王女殿下のドレスを選んでいた。

「次のパーティーはフィオナ王女殿下が女王になるための第一歩です。ドレスも未来を見据えて、煌びやかなデザインにいたしましょう」

「かしこまりました。こちらの光沢の強い生地はいかがですか？」

「そうですね。フィオナ王女殿下、いかがですか？」

アイリスが意見を求めれば、フィオナ王女殿下は少し不満そうな顔をした。

「私はもう少し戦いやすい生地がいいなぁ」

「フィオナ王女殿下、記念すべきパーティーですよ？」

「それはそうなんだけど……」

難色を示しつつ、けれど次の瞬間、フィオナ王女殿下はいいことを思い付いたと言いたげな顔をして「だったら、アイリス先生も煌びやかなドレスを着てくれる？」と問い掛けてきた。

「もちろん、わたくしも当日はドレスですよ？」

「そうだけど、そうじゃなくて。ん～私が用意するドレスを着てくれる？」

「フィオナ王女殿下が用意してくださるのですか？」

「うん、私からアイリス先生にプレゼント。アイリス先生はこれからも私の側にいてくれるんだよね？　そのために、難しい決断をしてくれたんだよね？」

「あぁ……ご存じだったのですね」

「うん、アルヴィンお兄様から教えてもらったの。正直、本当にそれでいいのか悩んだんだけど……アイリス先生は無理をしてないんだよね？」

「もちろんです。フィオナ王女殿下の側にいることがわたくしの望みですから」

「うん、ありがとう。なら、私は、それに対するお礼をしたい」

アイリスは思わず目を丸くする。

フィオナ王女殿下は最近脳筋ではなくなった。とはいえ、アイリスに甘えていたことには変わりない。そのフィオナ王女殿下が、アイリスにプレゼントをすると言い出したことは驚きだ。

「フィオナ王女殿下が選んでくださるというのなら、これ以上嬉しいことはございません」

「ホント？　じゃあ……当日はそのドレスを着てくれる？」

「ええ、約束です」

「アイスフィールド公爵家の名に懸けて？」

「はい。アイスフィールド公爵家の名に懸けて」

アイリスが宣言すれば、フィオナ王女殿下は満面の笑みを浮かべて喜んでくれた。そして、その後のフィオナ王女殿下は、アイリスに約束を反故《ほご》にする口実を与えないようにとばかりに、全力で良い子になって、自分のドレス選びを始めた。

その後も、アイリスはフィオナ王女殿下の家庭教師としての任を全うする。フィオナ王女殿下の側にいられることには変わりないが、家庭教師としていられるのは残りわずかな期間だ。

アイリスはその一日一日を大切にする。

だが、大切な期間ほど時間の流れは速く感じられる。あっという間に月日は流れ、ついにはパーティーの日がやって来た。

フィオナ王女殿下の準備はメイド達に任せ、自らもまた着替えを始める。

「アイリス様、こちら、フィオナ王女殿下より届いたドレスです」

「これは……また、素晴らしいドレスですね」

純白のシルクは最高級品で、そこに精巧な刺繍がこれでもかと施されている。それだけでも、フィオナ王女殿下を差し置いて主役になってしまいそうな出来映え。

なのに、そのドレスとセットで装飾品が添えられていた。ダイヤとアメシストをあしらったブローチ。そして、髪留めには大きなサファイアが輝いている。

（アメシストはわたくしとフィオナ王女殿下の瞳の色ですね。となるとこのサファイアは……）

物思いに耽ろうとしたそのとき、メイドが「髪型はどうなさいますか？」と問い掛けてきた。

アイリスは少しだけ迷って、ハーフアップにしてもらう。

そうして着飾ったアイリスはパーティー会場へと向かう。

けれど、パーティーは既に始まっていた。主役は後から登場することも珍しくないが、今日の主役はあくまでフィオナ王女殿下のはずである。

なのに、どうしてと小首を傾げるアイリスに、クラリッサが近付いてくる。

「アイリス様はこちらでございます」

「そっちは、主役が入る扉ではありませんか」

「すみません、時間が押しているのでお急ぎを」

「え、ちょっと、クラリッサ？」

説明もなく腕を引かれる。

そうして連れて来られたのは、パーティー会場の二階、階上の正面に繋がる扉の前だ。自分がなぜここにと首を傾げているあいだにも、クラリッサが扉を守る衛兵に告げた。

「アイリス様の入場を告げなさい」

「かしこまりました」

彼はそう言って扉を開け放ち「賢姫アイリス様の入場です」と宣言した。こうなっては、アイリスとしても従うほかないと、胸を張って会場に足を踏み入れる。

すると、入ってすぐのところにアルヴィン王子が待ち構えていた。

「アルヴィン王子、これは一体……」

どういうことかと問うより早く、会場内にいたグラニス王が宣言する。

「これより、アルヴィンとアイリス嬢、両名の婚約の儀を執り行う！」

エピソード4

賢姫アイリスの窮地

1

「これより、アルヴィンとアイリス嬢、両名の婚約の儀を執り行う！」

グラニス王による宣言を耳にしたアイリスはパチクリと瞬き、それから十秒くらい固まって、ようやく「はい？」と首を傾げた。

それから聞き間違いかと思い、隣に立つアルヴィン王子を見上げる。

「アルヴィン王子、いま、わたくしと貴方が婚約する、と聞こえた気がするのですが？」

「ああ、たしかにそう言ったな」

「ど、どういうことですか？　わたくし、聞いておりませんよ⁉」

アイリスがオロオロとうろたえる。彼女がここまでうろたえるのはおそらく、物心がついてから初めてのことだろう。だが、アルヴィン王子はにやっと笑った。

「フィオナの側にいるためなら協力すると言ったではないか」

「たしかに言いましたが――」

アイリスは不意に理解した。

他国の人間が、女王の思想に影響を及ぼす立場でいることは体面が悪い。ゆえに、アイリスがこの国の人間になることで、その問題を解決するという案。

たしかに、アイリスがこの国の人間になれば問題はない。

だが、レムリアの人間になると署名すれば解決する問題ではない。たとえアイリスが爵位を授かったとしても、身だけでなく、心もこの国の人間になったと証明することは難しい。

では、どうやってその点を解決するのか？

アルヴィン王子が大丈夫だという以上、なにか手はあると思って任せていたアイリスだが、ここに来てその手がなにかを理解した。アルヴィン王子は、自分とアイリスが結婚することで、アイリスをこの国の人間だと証明するつもりなのだ。

もちろん、アイリスはそんな展開になるなんて想像もしていなかった。

だが、アイリスはアルヴィン王子に言質《げんち》を取られている。

フィオナ王女殿下のためなら手段を選ばない――と。

勝ち目がないと感じたアイリスは、助けを求めてグラニス王に視線を向ける。

「陛下――」

「フィオナのためならなんでもすると、そなたの覚悟はたしかに受け取った。レムリアに骨を埋める覚悟も出来ていると言っていたな。後は、そう……賢姫に二言はない、だったか」

「……うぐ」

言葉に詰まる。

（そ、そういえば、騒動の元凶はお祖父様でした！　どうして、根回しもせずに、周囲を混乱させるような真似をするのかと思っていましたが……）

混乱させたい相手が周囲ではなく、アイリス個人だったのなら――

（さてはお祖父様も共犯ですね！　酷いです！　前世ではアルヴィン王子に裏切られ、今世ではお祖父様に裏切られました！）

しかし、言質を取られてしまっていることに変わりはない。こうなったら、フィオナ王女殿下を頼るしかないと、アイリスは切り口を変える。

「フィオナ王女殿下はよろしいのですか？」

「……実は、すごく悩んだんだよ？　アイリス先生が誤解してるのにも途中で気付いたし、後でこんなふうにアイリス先生が困るんじゃないかなぁって」

「そ、そうなんですね。では――」

こんなの間違ってますよね？　と、彼女から同意を引き出そうとする。だけど、それを口にするより早く、フィオナ王女殿下は無邪気に笑って言葉を続けた。

「でも、アイリス先生に側にいてもらうには、必要な選択かな、って」

（――確信犯!?）

フィオナ王女殿下がしたたかに成長したことに感動を覚えつつ、もうちょっと他に方法があったはずですよと嘆く。だが、アイスフィールド公爵家の名に懸けて、フィオナ王女殿下と約束したことも思い出したアイリスに逃げ場はなかった。

アイリスは恨みがましい視線を、隣にいる憎たらしい王子に向ける。

「わたくしを騙したのですね!?」

「その通りだ」

アルヴィン王子は微塵も悪びれずに笑った。彼がなにを考えて自分と婚約するなどと言い出したのか、アイリスには理解できなかった。なにより、賢姫である自分が罠に嵌められたという屈辱。精神的に追い詰められたアイリスは一つの結論に至る。

「わ、わたくしと婚約したければ、わたくしを倒してからになさい！」

意味が分からない——と、会場にいるほとんどの者が思っただろう。というかそのセリフは、ジゼルやフィオナ王女殿下に求婚する相手に言うつもりだったものである。

それをなぜ、自分が婚約を申し込まれたときに言っているのか——と、アイリス自身が思っていた。だけど、この会場において一人だけ、即座に対応した者がいた。

「いいだろう。ならば、いまこそおまえを倒してみせよう」

他ならぬアルヴィン王子である。

彼は笑ってパチンと指を鳴らす。すると何処からともなく現れた騎士が、アルヴィン王子に二振りの殺さずの魔剣を手渡した。彼はその一振りをアイリスへと投げて寄越す。

反射的に殺さずの魔剣を掴み取るアイリス。

「……どういうおつもりですか？」

「つもりもなにも、おまえが言ったのではないか。おまえと婚約をしたければ、おまえを倒してみせろ――と。だから……勝負だ、アイリス」

「……本気ですか？」

「正気を疑うべきは、条件を出したおまえではないか？」

「そちらではありません。わたくしに勝てるつもりなのかと、聞いているのです」

アルヴィン王子は強い。圧倒的なアドバンテージとなる精霊の加護を持っていないにもかかわらず、加護を持つ人間に匹敵するほどに。

だが、それでも――

（いまのわたくしは複数の加護を自分のものとしている。フィオナ王女殿下と二人掛かりでもわたくしに及ばなかったのに、一人で勝てると思っているのでしょうか？）

「アイリス、たしかにおまえは優秀だ。最強と言っても過言ではないだろう。だが、その地位も永遠ではない。おまえは今日、ここで、俺に敗れるのだ」

「……面白いことを言いますね。その挑発、乗って差し上げましょう」

アイリスは殺さずの魔剣を鞘《さや》から抜き放った。右足を引いて半身になり、剣は右脇、切っ先を背後に隠すように構える。

対してアルヴィン王子は正眼《せいがん》に剣を構えた。

グラニス王が主催するパーティーの会場。その上、陛下の御前で剣を抜いたことに周囲が騒然となるが、グラニス王が手を上げたことによって周囲は静まった。

当然、周囲の者達はグラニス王が止めることを予想した。

けれど――

「では、二人の婚約を懸け、いざ尋常に勝負……始め！」

グラニス王の発した言葉は開始の合図だった。

違う、そうじゃない！　と、ざわめく周囲を置き去りに、アイリスは剣を振るった。だがアルヴィン王子もまた同時に剣を振るっており、二人の剣はぶつかり合って火花を散らす。

速度もパワーも互角だった。しかし、切っ先を背後に隠していたアイリスの剣の刀身には、魔法陣が描かれていた。アイリスが魔術で描いた魔法陣だ。

その魔法陣を起点に光が放たれる。

「――くっ」

アルヴィン王子が眩しさに顔を背ける。その一瞬の隙、発動の瞬間だけ目を瞑っていたアイリスが彼の側面へと回り込んだ。クルリと外側に回りながら、彼の隣に並ぶように回る。

その勢いのまま回し蹴りを放った。

アルヴィン王子はとっさに腕でガード、横に跳ぶことで衝撃を逃がした。けれど、アイリス達が戦っていたのは階段の一番上。そしてアイリスが蹴り飛ばしたのは階下のほうだ。

アルヴィン王子は頭から階段を落ちていく。だが、彼は階段に手を突いて体勢を立て直す。

階段を滑るように降りて、中程でようやく踏みとどまった。

「この程度で――」

「終わりとは思っていませんよ！」

体勢を整えようとするアルヴィン王子に、上段に剣を構えたアイリスが飛び掛かった。振り下ろした剣はけれど、彼が振り上げた剣に受け止められた。

（わたくしの全体重を掛けた一撃を、こうも易々と――っ）

驚く暇もなく、アルヴィン王子の反撃を受ける。横薙ぎの一撃。空中にいたアイリスは、その衝撃を受けて弾き飛ばされた。虚空でとんぼを切って、階段の中程に着地する。

「……アルヴィン王子、なにを……したのですか？」

「剣で弾き返しただけだが？」

「誤魔化さないでください。貴方の技量が優れていることは知っています。けれど、精霊の加護を持たない貴方に、そこまでの膂力《りょりょく》はなかったはずです！」

「ならば、答えは出ているではないか」

アルヴィン王子がニヤリと口の端を吊り上げる。

それを見たアイリスの表情が驚愕に染まる。

（まさか、精霊の加護を？　あり得ません。彼が加護を持っていないことは、前世と今世を通して確認済みです。隠れ里でも、加護を得ないように……っ）

不意に思い浮かんだのは、フィオナ王女殿下と建設中の町にいたときのことだ。アルヴィン王子の所在が分からぬ時期があった。

フィオナ王女殿下が誤魔化していた、あのとき……

(気にするまでもないと放置していましたが……まさか)

「精霊の試練を受けたのですか!?」

「おまえが言うほど危険ではなかったぞ？　まあ、簡単でもなかったがな」

彼がそう言った瞬間、アルヴィン王子の持つ殺さずの魔剣の輪郭《りんかく》が揺らいだ。まるでその部分だけ黒く塗り潰したかのように、殺さずの魔剣が見えづらくなる。

次の瞬間、アルヴィン王子が階段を駆け上がり、アイリス目掛けて剣を振り上げた。

アイリスはとっさに剣を振り下ろして受け止めるが、アルヴィン王子の剣が黒く塗り潰されているせいで間合いを見誤る。

タイミングをずらされたアイリスは、衝撃を上手く逸らせずに体勢を崩した。そこへ放たれる追撃。アイリスは魔術を牽制に使って更に階上へと退避した。

アルヴィン王子もそれ以上の追撃はせず、再び階段の上下で睨み合う。

(あれは……闇の精霊？)

預言の書にあるアイリスは、闇の精霊の力を攻撃に使っていた。けれど、いまのアルヴィン王子は、剣に闇を纏わすことで間合いを分かりづらくしている。

「……厄介な。貴方にだけは持たせたらダメな力じゃありませんか」

ハイレベルな剣の戦いにおいては、紙一重の判断が勝敗を分けることも珍しくない。そんな戦いにおいて、間合いを分かりづらくするのがどれだけ有利かは語るまでもないだろう。

「剣と魔術を同時に扱うおまえも大概だと思うがな。魔術師にとって唯一の弱点であるはずの接近戦に強いなど、どう考えても反則だろう」

アイリスの口撃にも、アルヴィン王子は上手く切り換えしてくる。

アイリスの場合は前世と今世の技術が融合して強くなっている。そういう意味では、今世だけで鍛《きた》え上げたアルヴィン王子のほうが正当とも言える。反則と言われてダメージを受けたのはアイリスのほうだった。

「……お互い様、という訳ですね」

口ではそう返すが、アイリスは明らかにばつが悪い。だが、そうやって時間を稼いだことで、アイリスは闇に包まれた殺さずの魔剣との距離感を摑んでいく。

アイリスは階段を滑るように駆け下り、アルヴィン王子に斬り掛かる。アルヴィン王子はサイドにステップを踏んでそれを回避した。

アイリスが横薙ぎに剣を振るえば、アルヴィン王子もまた横薙ぎに剣を振るって受け止める。あるときは階段を駆け上がり、またあるときは階段を駆け下りる。勢いよく手すりを蹴って虚《こ》空《くう》に逃れ、二人は階段の中程でダンスを踊るように斬り合いを始めた。

2

グラニス王が開催したパーティーの会場。

階段の中程で、アイリスとアルヴィン王子が斬り合いを続けている。

闇の精霊の力で剣の間合いを読みづらくさせるアルヴィン王子に対し、アイリスは多くの加護を得たことで発揮される、ずば抜けた身体能力で対抗する。

二人の動きには無駄がなく、片方が動けば、もう片方はそれに対応した動きを見せる。それはさながら、ダンスにおけるリード&フォローのようだ。

「アルヴィン王子、なぜこのような手段を取ったのですか？」

一進一退の攻防を続けながら、アイリスがアルヴィン王子に問うた。

「なぜ？　勝負を持ち掛けたのはアイリス、おまえのほうだろう」

「勝負のことではありません。わたくしとの婚約の件です。アルヴィン王子はいままで、フィオナ王女殿下のために動いてきたのでしょう？　なのに、どうしてこのような……」

前世において、アルヴィン王子はフィオナ王女殿下を——当時のアイリスを追放した。それは当時の彼女にとって、とてもショックな出来事だったのだ。

だが、それでも、アイリスはアルヴィン王子を許した。結果がどうあれ、アルヴィン王子がフィオナ王女殿下のためにしたことだと理解したからだ。

なのに――

「なぜです！　どうして、フィオナ王女殿下を一番に考えないのですか！」

アイリスが上段から剣を振り下ろす。アルヴィン王子はそれを側面に逸らした。二人の殺さずの魔剣の切っ先は、赤い絨毯が敷かれた階段に触れる。

アイリスが剣を振り上げようとするが、アルヴィン王子はそれを上から押さえ込んだ。

「……今更、そのようなことを問われるとはな。おまえに対しては、わりとストレートなアプローチをしていたつもりなのだが」

「本気だと言うつもりですか？　では、フィオナ王女殿下はどうするおつもりですか」

「どうするもなにも、大切な従妹だと言っていたはずだが」

「ですが――っ」

アイリスが剣を引いて階段を駆け上がる。そうして間合いを取ろうとするが、アルヴィン王子もまた、まったく同じ動作で追随する。

剣を振り上げるアイリスとアルヴィン王子。二人は鍔迫《つばぜ》り合いを始めた。

「アイリス、おまえはなにを気にしている？」

「それ、は……」

戦闘の最中、アイリスは視線を逸らすことも出来ずに動揺する。そうして揺れるアイリスの瞳を、アルヴィン王子が覗き込んだ。

アイリスはわずかな沈黙を挟み、自分達の周囲に風の結界を張る。そうして、声が周囲に漏れないようにして自らの秘密を打ち明けた。

「……わたくしの魂について話をしたことがありますね？　わたくしには、フィオナとして生きた記憶があります。わたくしの前世は、いまとは違う歴史を生きるフィオナだったのです」

「そう、か」

相当に衝撃的な告白だったはずなのに、アルヴィン王子は静かに受け止める。

「……驚かないのですか？」

「これでも驚いている。だが、納得のいく部分も多い」

アイリスは意識していなかったが、アイリスの剣筋は何処かフィオナ王女殿下と似ている。それも、フィオナ王女殿下の剣技を完成させたような剣筋だ。

その上、未来を知っているかのような行動を繰り返していたこともある。

アルヴィン王子にとっては、腑に落ちる部分のほうが多かった。

「それで、前世で一体なにがあった？」

「貴方に追放されました」

「……なるほど、いろいろと合点《がてん》がいった。おまえが俺を警戒していたのも当然――っ」

アルヴィン王子が皆まで言うより早く、アイリスが力押しで鍔迫り合いを制した。そうして上段から斬り掛かる。その一撃は受け止められるが、今度はアイリスが有利な形で鍔迫り合いとなった。

「わたくしは、貴方を警戒していました。ですが、それは以前の話です！　貴方がわたくしを追放したのは、わたくしの、フィオナ王女殿下のためだと思ったから！」

いまのアイリスは、アルヴィン王子を信頼している。

それは、前世での彼の裏切りが、自分を助けるためだと思えたからだ。自身より、なによりも、フィオナ王女殿下を大切にする。そんな彼だから信頼することが出来た。

なのに、アルヴィン王子はフィオナ王女殿下の即位を利用して、アイリスと婚約しようとしている。それはつまり、アルヴィン王子がフィオナ王女殿下を愛しているという、彼を信頼する上での前提条件が崩れた、ということだ。

「答えてください。なぜこのような真似をなさったのですか！」

「……この期《ご》に及んで、まだそのようなことを聞かれるとはな。言葉にしなくては理解が出来ないのか？」

「理解は出来ても、納得は出来ないと、そう、言っているんです！」

何度目かの鍔迫り合い。二人は至近距離で見つめ合う。

そしてアルヴィン王子が静かに告げた。

「アイリス、おまえの話を聞いて思ったことがある」

「……なんですか？」

「前世の俺はおそらくフィオナをなにより大切に思っていたのだろう。だが、いまの俺はそうではない。フィオナも大切だが、それ以上におまえを大切に思っている」

「……なぜ、そのようなことが言えるのですか」

「前世のフィオナには、おまえの魂が入っていたのだろう？　つまり、俺は今世でも前世でも、おまえを最優先にしていた、ということだ。たとえ魂の宿る器が変わってもな」

「……え？」

それはつまり——と、理解した瞬間、アイリスの動きが大きく鈍《にぶ》った。その隙にアルヴィン王子が剣を跳ね上げ、アイリスは為す術もなく剣を手放してしまう。

次の瞬間、無防備を晒すアイリスに、アルヴィン王子が迫り来る。思わず目を瞑ったアイリスはけれど、次の瞬間、アルヴィン王子に抱き締められていた。

「アイリス、おまえを——愛している」

ぼんっと、アイリスの顔が赤く染まる。アイリスはなにか口にしようとするが、ストレートな告白を前になにも言えなくなってしまう。

そしてようやく口を開こうとした瞬間、パーティーの参加者達から歓声が上がった。

アルヴィン王子の言葉に動揺したアイリスは、途中から会話を聞かれないようにと張っていた結界を霧散《むさん》させてしまっていたのだ。

つまり――抱き締められての告白のみが会場に響いていた。

「くくっ、どうやら既成事実化してしまったようだな」

アイリスを抱き締めたまま、アルヴィン王子がいかにもおかしそうに笑う。

「……ぶ、ぶっとばしますよ？」

「出来るものならやってみるといい」

「ぐぬぬ……」

腕の中にいるアイリスに出来ることは、精々アルヴィン王子の背中を叩くことくらいである。

だが、そんなことをしてもイチャついているようにしか見えないだろう。

アイリスは小さな溜め息をついた。

アルヴィン王子は喉の奥で笑ってアイリスを解放した。そうして腕の中から逃れたアイリスは階段の下、パーティーの参加者達へと視線を向ける。

既にアイリスが覚悟していたことではあるが、すごく二人を祝福するムードである。

「……いいでしょう、わたくしの負けです。煮るなり焼くなり好きになさってください」

「なんだ、照れ隠しか？」

「ぶっとばしますよ」

「ふっ、少しは調子が出てきたではないか」

アルヴィン王子が肘を差し出してくる。アイリスはその肘を取ってエスコートに身を委ね、二人で階段を下りる。

　思い出したようにグラニス王が二人の婚約を宣言し、あらためて婚約の儀式が始められた。


「おめでとうございます、アイリス様」

　儀式が終わった後、アイリスは参加者達から祝福の言葉を山のように贈られていた。

　アルヴィン王子の派閥の者達はもちろん、フィオナ王女殿下派の者達からも祝福されている。更にはアイリスファンクラブの面々からもお祝いの言葉が届いた。

　騙されていたアイリスとしては複雑な気持ちだったが、それもフィオナ王女殿下がやって来るまでだった。彼女は開口一番「アイリス先生、おめでとう」と口にした。

「……フィオナ王女殿下にとって、望ましい結果だったのですか？」

「もちろん、私は嬉しいよ？　アルヴィンお兄様とアイリス先生が、これからも私の側にいてくれるんだから」

「そう、ですか……」

　アイリスの中にあった一番の不安事項が消えていく。そうして晴れやかな気持ちになったアイリスに、フィオナ王女殿下が茶目っ気のある笑みを向けた。

「アイリス先生の一番をお兄様に取られたのはちょっと悔しいけど」

「あら、わたくしの一番は今も昔も、そしてこれからもフィオナ王女殿下ですよ？」

「それなら——いい、のかなぁ？」

フィオナ王女殿下は少しだけ複雑そうな顔をした。だけど次の瞬間には満面の笑みを浮かべ、

「お兄様に自慢しちゃお〜」と何処かへ行ってしまった。

それを「行ってらっしゃいませ」と笑顔で見送ると、続けてグラニス王がやって来た。

「グラニス陛下、長く会場にいらっしゃいますが、お体は大丈夫なのですか？」

アイリスが気遣うような視線を向けると、彼はあろうことか、なんのことだと言いたげに首を捻った。そして次の瞬間「おぉ、そうであったな」と手をポンと叩く。

「すまんな。あれは嘘だ」

「……う、嘘、ですか？」

「そなたがいつまで経っても煮え切らぬので、一芝居打たせてもらった、という訳だ」

「——なっ」

まさか、そこからして嘘だったのかとアイリスは目を見張った。続けて、本気で心配したのにと、わずかな怒りも覚えるが——

「とはいえ、歳であることに変わりはない。そう長くは生きられぬであろうからな」

続けられた言葉に、アイリスは自らが発しようとしていた言葉を呑み込んだ。

「アイリス、祝いの席でそんな顔をするでない」

「……失礼、いたしました」

（そうよ。元々、お祖父様の余命はわずかだと思っていたじゃない。だから、いますぐお迎えが来る訳ではないと喜ぶべきよ）

そう結論づけて、努めて笑顔を浮かべる。

「うむ。やはりそなたは笑顔のほうが似合っておる。ほれ、アルヴィンが来たぞ」

グラニス王の視線をたどれば、アルヴィン王子が歩み寄ってくるところだった。彼はグラニス王に一言挨拶をすると、アイリスに向かって手を差し出した。

「アイリス、俺と一曲踊ってくれるか？」

「……一曲だけですよ？」

差し出された手を取って、二人でダンスホールへと足を向けた。そうして多くの者が見守る中、二人は音楽に合わせて踊り始める。

「おまえと踊るのはこれで何度目だろうな？」

「さあ、三度目くらいではありませんか？」

「……当てずっぽうで言っているだろう？」

「それがなにか？」

平然と問えば、アルヴィン王子は苦笑いを浮かべて「なんでもない」と答える。アイリスはアルヴィン王子のリードに合わせて踊りながら「そういえば――」と口を開いた。

「わたくしになにかご用ですか？」

「用事がなければダンスに誘うのも許されないのか？」

「いえ、ただ……アルヴィン王子と踊るのは、大抵なにか密談があるときだな、と」

「たしかに、な」

アルヴィン王子が苦笑する。そしてそれは肯定という意味でもある。その内容は――と、考えを巡らせたアイリスは、すぐにその答えにたどり着いた。

「フィオナ王女殿下の即位に関して、ですね？」

「ああ。派閥を纏めることは出来たが、その安定が未来永劫続く訳ではないからな。フィオナの地位を盤石《ばんじゃく》にするためにも、俺とおまえでバランスを取る必要がある」

「そうですね。では――」

と、二人で、どうやってフィオナ王女殿下を支えていくかを話し合う。婚約したばかりの男女がする会話ではないけれど、とてもらしいと言えるだろう。

あれこれと画策する二人は、とても楽しそうな笑みを浮かべて踊り続けた。

エピローグ
王子……邪魔っ

アルヴィン王子とアイリスが婚約してから一年が過ぎようとしていた。そんなある日、城内にある会議室では、魔族との交易についての会議がおこなわれていた。

魔族側の参加者はディアロス陛下とエリス、それにディアロス陛下の側近が数名。続いてリゼル国からは王太子となったエリオット王子、そしてその婚約者であるジゼルと家臣達。

最後に、レムリアからはグラニス王とフィオナ王女殿下、それにアルヴィン王子とアイリスを始めとした面々が参加している。

話の内容は交易の拡大についてのあれこれで、主に交易を増やすという方向で話し合いが進んでいく。この一年で、人間と魔族の親密度は増している。

その甲斐もあって、話し合いはスムーズに進んでいった。

そして会議が終わった後、アイリスはディアロス陛下に声を掛けられる。

「アイリス、あの男と婚約したそうだな」

「ええ、まあ……したと言うか、させられたと言うか……」

アルヴィン王子との婚約を受け入れてはいるアイリスだが、あの日のこと――というか、賢姫である自分が罠に嵌められたことはいまだに引きずっていたりする。

そんな引っかかる物言いをするアイリスを前に、ディアロス陛下は首を捻った。

「なんだ、望んだ婚約ではないのか？」

「それは……」

言葉を濁す。

だが、そんなアイリスの表情を見たディアロス陛下は面白くなさそうに息を吐いた。

「あれか、ツンデレというやつだな。たしか、預言書にあった」

「……失敬な。というか、そんな話をするために呼び止めたんですか？」

「いや、少し伝えておきたいことがあってな」

ディアロス陛下が真面目な顔をする。

どうやらちゃんとした用事があるようだ。会話に割り込もうとしていたアルヴィン王子を視線で制止して、「どのような用件でしょう？」とディアロス陛下に尋ねた。

「そなたの魂の件だ。いろいろ悩んでいるのではないかと思ってな」

「……まあ、思うところがないといえば嘘になりますね」

預言書のように残されている原作乙女ゲームのストーリーによれば、ジゼルからフィオナ、そしてジゼルへと巻き戻り転生を遂げている。

対して、アイリスは一度だけ。

この生が終わったとき、自分がどうなるか分からない。

とはいえ――

「気にしても仕方ないと割り切っていますよ」

フィオナとして精一杯生きた後、アイリスとしていまを生きている。ならば、もう一回誰かに転生したとしても変わらない――と、アイリスはそう考えていた。

そうして笑うアイリスに、ディアロス陛下が不意に更なる言葉を投げ掛けた。

「幸せな最後を迎えたとき、魂は輪廻《りんね》から抜け出すだろう」

「……なんですか、それ」

「初代魔王の残した言葉だ。ゆえに、そなたは自由に生き、そして幸せになれ――と、婚約に対する祝いの言葉として贈るつもりだった。いまのそなたには不要だったかもしれぬが、な」

「いえ、教えてくださってありがとうございます」

アイリスは深く頭を下げた。

「そうか。伝えた意味があったのならよかった。……では、明日を楽しみにしている」

ディアロス陛下はそう言い残して退出していった。

「あいつになにを言われたのだ？」

ディアロス陛下の後ろ姿を見送っていると、いつの間にか隣にやって来たアルヴィン王子が声を掛けてくる。アイリスは「魔王陛下をあいつ呼ばわりですか？」と咎めるような目を向けた。

「俺の婚約者殿にちょっかいを掛ける男はあいつ呼ばわりで十分だ。それで、ずいぶんと穏やかな表情をしていたが……一体なにを言われたのだ？」

「大したことじゃありません。精一杯生きて、幸せになれと、そういう話です」

「なるほど、輪廻の話か」

　ぼかして答えたというのに、アルヴィン王子は核心を突いてくる。アイリスは目を瞬いて
「よく分かりましたね」と素直に感心する。

「ふっ、どれだけ一緒にいると思っている」

「たかだか数年程度ではありませんか」

「おまえはフィオナと過ごした時間も同じように言うつもりか？」

　ああ言えばこう言う。アイリスと常に舌戦を繰り広げているアルヴィン王子は、アイリスのあしらい方を覚えつつある。

　やり込められたアイリスは唇を尖らせつつ、そういえばと口を開いた。

「シールートの港町はずいぶんと発展しているそうですね」

「魔族との交易の拠点だからな。隠れ里との交易品が流れる影響も大きいだろう」

　魔族との交易の拠点であるシールートの港町と、隠れ里との交易の拠点である建設中の町、そしてそれぞれを繋ぐ王都。レムリア国はいま、その交易ルートを中心に発展を遂げている。

　シールートの港町こそ、この一年でもっともめざましい発展を遂げた町となるだろう。

「もちろん、魔族への偏見が消えた訳ではありませんが……」

「商人達はある意味で素直だからな」

　商人達にとって重要なのは利益。そのため、過去のしがらみよりも利益を優先している。魔

族は身体能力が優れた者が多いので、労働力としても重宝《ちょうほう》しているようだ。

人間と魔族、両方の特性を持つ子供もこれからは増えていくだろう。

「……そういえば、知っていますか？　エリスが引く手数多《あまた》だそうですよ」

「あぁ、多くの魔物を使役しているからな。彼女を妻に迎えれば、この大陸で無視できない勢力になると言っても過言ではない、か。対策を――」

「対策はしているのでご安心を」

彼女が使役する魔物の運用については、レムリアの王に決定権がある。というふうに契約してある。エリスが誰かの伴侶になったとしても、すぐにどうということはない。

「さすがだな。褒めてやろう」

アルヴィン王子が無造作に頭を撫で、アイリスが手の甲でぺしっとはたき落とす。

「褒められるほどのことじゃありません。後、権力者がエリスを狙っているのは事実ですが、彼女にちょっかいを掛ける無謀な貴族はそうはいません」

「……貴族は、ということは、それ以外がいる、ということか」

「そうですね。商人や、後……ごく普通の町民のあいだでも人気だそうですよ」

アイリスがイタズラっぽく笑う。

「商人は分かるが、町民？」

「町の食堂で、料理を美味しそうに食べる姿が可愛い、だそうです」

「ほう、なるほどな」

エリスが甘い物を前に、目をキラキラさせているところを思い出しているのだろう。アルヴィン王子が虚空を見つめてふっと笑った。

「しかし、平民が彼女を娶《めと》るには、食費で破産する覚悟が必要ではないか？」

「そこまで考えてのことではないのでしょう。憧れのようなものですよ。そういう意味では、フィオナ王女殿下もずいぶんとおもてになるようですよ」

「ふむ。最近、急に大人びてきたからな」

再び物思いに耽《ふけ》るアルヴィン王子。アイリスは彼に視線を定めたまま「逃がした魚は大きかったのではありませんか？」と、軽い口調で問い掛けた。

「なんだ、嫉妬か――っと」

アルヴィン王子が皆まで言うより早く、アイリスが顎を狙って掌底を放つ――が、彼は軽く仰け反ることでそれを回避。天に突き出されたアイリスの腕を摑んで引き寄せた。

「ぶっとばしますよ？」

アイリスが抗議するが、アルヴィン王子はアイリスの腕を摑んだまま肩をすくめる。

「手を出す前に言えと言っているだろうが」

「どうせ避けるんだから、警告という意味では同じじゃありませんか」

「おまえ、政治的な立ち回りでは、根回しを十分にするくせに、こういうときは途端に荒っぽくなるな。やはり、妬《や》いているんじゃないか？」

「ぶっとばします」

アルヴィン王子の拘束から逃れようと腕を捻《ひね》るが、アルヴィン王子はそれに対応する。静かに続く高度な攻防を前に、周囲の者達はまたかと呆れていた。

言うまでもないことだが、端から見れば、二人はじゃれ合っているようにしか見えない。周囲の者達が淡々と退出していく。それに気付いた二人はどちらからともなく離れた。

「こほん。俺はそろそろ戻らねばならぬ」

「明日の準備がありますものね」

「ああ。おまえもほどほどにな」

アイリスと話す順番を待っている――とでも言いたげな者達を横目に、アルヴィン王子は踵を返して退出していった。

それを見届け、アイリスはリゼルの一行に視線を向ける。

「エリオット王太子殿下、ご無沙汰しております。それにジゼルも、久しぶりですね」

社交辞令的な挨拶を交わし、そのまま立ち話をする。最初は軽い情報共有から入り、両国がそれぞれおこなっている交易について話す。

二人はしたたかに成長していて、エリオット王太子殿下は上手くアイリスから情報を引き出そうとしており、ジゼルは妹にプレゼントを――と、堂々と甘えてくるようになった。

アイリスはそれらを上手く躱しながらも、差し支えのない範囲で話を続ける。

「そういえば、ディアちゃんやアッシュがずいぶんと頑張っているようですよ。未知なるものを求めて隠れ里から飛び出しただけありますね」

またなにか新しいことに挑戦しているので、一枚噛んでみればどうかと助言する。二人は顔を見合わせて頷き合うと、アイリスに向かって笑みを浮かべた。

「ありがとう、アイリスお姉様」

「ありがとうございます。アイリスお義姉さん」

あざとい――と、アイリスは苦笑い。だけど、アイリスと仲のよい二人の地位が盤石になることは、レムリア国のためにもなると、いくつか助言を続ける。

やがて、そうして得られた成果に満足した二人は感謝の言葉と共に頭を下げた。

「アイリスお義姉さん、忙しいところ、ありがとうございました」

「いえ、こちらこそ。レムリアに足を運んでくださったこと、心より感謝いたします」

「いえ、両国の未来のためですから」

エリオット王太子殿下は笑って、それでは――と立ち去っていく。そうしてようやく手の空いたアイリスが周囲を見回すが、既にフィオナ王女殿下の姿はなかった。

（フィオナ王女殿下も最近は忙しいですからね）

仕方がないと、アイリスもその場から退出する。

その日の夜、アイリスの部屋にフィオナ王女殿下が訪ねてきた。

「フィオナ王女殿下、こんな夜更けにどうなさったのですか？」

「うん。アイリス先生にお礼が言いたくて」

「……お礼、ですか？　どうぞ、中に入ってください」

フィオナ王女殿下を部屋に通し、ソファに座るように勧める。お茶を入れようとするけれど、フィオナ王女殿下が辞退したのですぐに向かいのソファに腰を下ろした。

「それで、お礼というのは？」

「いままで、私の先生をしてくれてありがとう」

前置きなく告げられた、短い一言。

だけどその声には、深い感謝の念が込められていた。

「……そういえば、教育係は今日でおしまいでしたね。短い時間でしたが、貴女の先生として働けた時間はとても幸せでした」

「……私もすごく楽しかったよ。アイリス先生がいなければ、こんなふうにはなれなかったと思う。だから、いままで本当にありがとうございました」

フィオナ王女殿下は一度頭を下げて、それから顔を上げるとパチンと指を鳴らす。直後、メイド達がドレスを身に着けたトルソーを持って部屋に入ってくる。

「……そのドレスは？」

「アイリス先生へのお礼だよ」

フィオナ王女殿下の言葉を受けて、アイリスはそのドレスに目を凝らす。隠れ里の技術を使った生地で仕立てたドレスに、魔族領から仕入れたとおぼしき魔石が散りばめられている。

魔石はアイリス――そしてフィオナ王女殿下の瞳と同じ紫色がベースで、差し色としてアルヴィン王子の瞳と同じ青い色が使われている。

「もしや、アルヴィン王子にもお贈りになりましたか？」

「もちろん、この機を逃すつもりはないからね」

アルヴィン王子の礼服には、アイリスやフィオナ王女殿下の瞳と同じ色の魔石が輝いているのだろう。それらを身に着けた姿を見れば、二人が誰に仕えているのかは一目瞭然だ。

「……フィオナ王女殿下も成長なさいましたね」

「あ、えっと……その。政治利用みたいでよくないかなって思ったんだけど、こういう立ち回りも必要なことかなって思って、その……」

「よろしいのですよ」

この時代の王にはしたたかさも必要だ。だから言い訳をする必要はないと微笑んで、フィオナ王女殿下の頭に手を伸ばそうとするが、寸前で唇を噛み、その手をそっと引っ込めた。

教育係はもう終わり。このような不敬なことは出来ない、と。

だけど――

「……んっ」

フィオナ王女殿下が無言で頭を突き出してくる。アイリスはクスクスと笑って、フィオナ王女殿下の頭を優しく撫でつける。

フィオナ王女殿下は嬉しそうに目を細め、愛らしく笑った。

「アイリス先生、いままでありがとう。そして……アイリス、これからもよろしくね」

「はい。――フィオナ女王陛下」

少し早いですけれどと笑って、アイリスは臣下の礼を取った。


その日は、朝から雲一つない青空が広がっていた。城内にある広場には多くの人が詰め掛け、新たな女王の誕生を心待ちにしている。

今日は――フィオナ王女殿下の戴冠式だ。

貴賓席にはレムリア国を代表する有力貴族達。そしてリゼル国からはエリオット王太子と、その婚約者であるジゼル。魔族の国からは、ディアロス陛下をはじめとした王族やエリス。最後に、隠れ里からは族長、それにクラウディアとアッシュが並んでいる。

歴史的にも、これほどまで豪華なメンバーが揃った戴冠式はそうは見られない。

国民達は、偉大なる女王の誕生を予感している。

皆が見守る中、グラニス前国王とフィオナ新女王陛下の戴冠式が開始された。

アイリスはその光景を誰よりも近い場所——フィオナ新女王陛下の側近がいるべき場所にて、アルヴィン王子と共に見守っている。

（ようやく、ここまで来ることが出来ました）

失われた歴史でのフィオナは王城から追放された。その歴史を繰り返さないために、前世の自分、フィオナに幸せを——というのがアイリスの目的だった。

フィオナ新女王陛下が幸せになるのはこれからだけど、追放されるという運命からは逃れることが出来た。後は、この道をまっすぐに進んでいくだけだ。

「あのフィオナが、ここまで立派に成長するとはな。これもすべて、教育係を買って出たアイリス、おまえのおかげだな」

「あら、なにを仰るのですか。すべてはフィオナ新女王陛下の努力のたまものですよ」

アイリスは微笑むが、アルヴィン王子は小さな溜め息をつく。

「おまえはもう少し自分の功績を誇れ。そのような態度だから、おまえの功績を知らぬ者達が、おまえに舐めた態度を取っているのだぞ？」

アイリスは基本的に、自分が目立たないように立ち回っていた。もちろん、王族を始めとした一部の者達は、アイリスがどれだけの功績を挙げたか理解している。

だが、王都から遠い地に住む貴族達の中には、その事実を知らぬ者も多い。それゆえ、隣国の令嬢ごときが、宰相の地位に就くなど――と、陰口を叩く者がいるのだ。

もっとも――

「そのうち分からせてあげるので、アルヴィン王子が心配することはありませんよ」

アイリスは小さく笑う。賢姫の地位はジゼルに引き継いだが、いまなおアイリスを賢姫と呼ぶ者も少なくはない。なにより、彼女の能力はすべての意味で健在だ。

「おまえが策を弄《ろう》しているのか……それは、見物だな」

アルヴィン王子はそう言って、戴冠式の様子へと視線を戻した。グラニス前国王がフィオナ新女王に冠を乗せるところだ。

アイリスとアルヴィン王子は会話を止め、しばしその光景を見守った。

やがて戴冠の儀式が終わり、フィオナ女王陛下が誕生する。

「「女王フィオナ、万歳！」」

貴賓席から拍手が鳴り響き、城に集まった国民達が歓声を上げる。フィオナ女王陛下はそれに応え、国民達に大きく手を振った。

(おめでとう、フィオナ)

アイリスは心の中でお祝いの言葉を贈り、手を強く叩く。鳴り止まぬ拍手喝采の中、フィオナ新女王陛下の晴れ姿を見守っていると、不意にアルヴィン王子に腰を抱き寄せられた。

「……ところで、アイリス。俺とおまえが婚約して今日で一年だ。そろそろ、俺の呼び方をあらためてもよいとは思わぬか？」

「王子……邪魔ですっ」

「そう、それだ。これからはアルヴィンと──」

「王子、フィオナ女王陛下の晴れ姿が見えないので退いてください」

アイリスが言い放つと、アルヴィン王子は深々と溜め息をついた。

「まったく、おまえは本当にフィオナが好きなのだな」

「……あら、知らなかったのですか？」

「知っている。だが、そろそろ一歩進んでもいい頃合いだ」

腰を強く抱き寄せられ、アルヴィン王子の吐息が頬に掛かる。アイリスはその行為を、仕方ありませんねとばかりに無言で受け入れた。

書き下ろし
番外編

プロローグ
アイリスの面倒くさい日常

レムリア国の王城にある謁見の間。即位したばかりの若き女王が玉座に座るその下で、国の重鎮達を集めての話し合いがおこなわれていた。

会議のトップは女王のフィオナだ。

建国の女王と同じアストリアの加護を受けし剣姫である彼女は、ここ数年で目を見張るほどの成長を遂げた。まだ若いながらも、立派に女王の役目を果たしている。

次いでナンバー2の座を争うのは宰相のアイリスと、将軍のアルヴィン王子。女王に仕える優秀な側近である二人が並び立っている。

アイリスはもともと、隣国の賢姫にして公爵令嬢。この国にやって来て数年で驚くほど多くの功績を立て続けに挙げ、異国人でありながら宰相の座に上り詰めた才女。そしてアルヴィン王子は傍系の王子でありながら頭角を現し、数多の戦場で結果を出し続けた真の英雄である。

そんな二人が補佐をしているため、多くの者達がこの政権に期待を寄せている。だが、いつの時代にも、反対勢力は存在するものである。

フィオナ女王を未熟だと貶《けな》し、アイリス宰相のことは上手く取り入っただけの娘だとくさし、アルヴィン王子のことは王配の地位を取り零した落ち目の人間だと笑う。

そういう者達が少なからず存在しているのが現状である。

そして、そのようになったのには訳がある。

女王フィオナが即位した際、重鎮達の多くを世代交代として入れ替えた。多くの重鎮は現政権に好意的な者達が選ばれたが、中にはそうでない者達も存在する。

とくに、地方の事情に詳しいという理由で採用された地方貴族の中には、ここ数年でフィオナ女王陛下達が成し遂げたことを、偽の功績だと決めつける者もいる。

そんな訳で――

「交易都市リアゼルの開発も結構、魔物の被害が減っていることは喜ばしい。ですが、我が領地のように、その恩恵が受けられぬ領地があることもご理解いただきたい！」

リアゼルとは、リゼルとレムリアのあいだに作られた町の名前だ。

そして声を荒らげたのは、地方の小領地を治めるキーリー子爵である。彼の治める領地は昔から魔物の被害が多く、にもかかわらず支援をしてくれない王家に不満を抱いている。

しかしながら、その領地は王都から遠く、また交易ルートからも外れているため、魔物を使役して被害を減らす地域の候補からも外れている。

そういった事情により、いまこそ国の支援が必要だと訴えているのだ。

「キーリー子爵、少し落ち着きたまえ。魔物の被害があるのはなにも、そなたの領地だけではないのだぞ。自分達でなんとかできる分には、国に頼らず管理するべきではないか？」

キーリー子爵を諭したのはハイド伯爵。

彼は畳み掛けるように意見を口にする。

「痛ましい被害を受けていることは理解できる。だが、国がすべての地域を管理することは出来ない。そのための領主だ。そして、一領主の手に余ることは、他の領主が支援している。キーリー子爵の領地にも、我が同胞が多くの支援をおこなっているはずだ」

「しかし、我が領地は――」

限界だと言いたかったのだろうか？　だが、彼はその言葉を口に出来なかった。自らの限界を口にすることは、領主としての未熟さを認めるも同然だからだ。

（どちらの言も一理ありますが……さて）

二人のやりとりを聞いていたアイリスが考えを巡らせる。

どちらの言い分も間違っていない以上、重要なのはフィオナ女王陛下の方針だ。しかし、両貴族との関係や、自らの発言力を考えた上でのパワーバランスも取らなくてはいけない。

宰相となったアイリスには様々なしがらみがつきまとう。

なにより――

（さきほどの言葉、額面通りに受け取る訳にはいきませんね）

アイリスは二人のやりとりを思い返す。

貴族の言葉が額面通りであることは少ない。少なくとも、さきほどのやりとりには含みがあった。王家の介入を望む者と、そうでない者の思惑が交錯している。

「……ハイド伯爵の意見はもっともです。王国の騎士団は優秀ですが、すべての領地に同時に派遣することは不可能です。領主に対応が可能なら、それに越したことはありません」

まずはハイド伯爵の意見を尊重したアイリスは、その後に「しかしながら――」と続けた。

「長年、この国は魔物の被害に悩まされてきました。いままでは何処も手一杯だったために支援が遅れていましたが、これからはそうではありません」

アイリスが支援を示唆すると、キーリー子爵がその瞳に希望の光を灯した。

次の瞬間――

「ならば、俺がその元凶を絶ってやろう」

そう宣言したのはアルヴィン王子だ。

しかし、その発言にキーリー子爵が「お待ちください」と待ったを掛けた。

「魔物は少々討伐したところですぐに数を増やします。長期的に被害を抑えるための方法を考えるためにも、現体制を見直す調査をお願いしたいと考えます」

なるほど、もっともな意見だとアイリスが頷く。

「では、わたくしが調査をいたしましょう」

アイリスがそう意見した瞬間、今度はハイド伯爵が「お待ちください」と口にする。

「そのようにまどろっこしいことをしていては、いたずらに被害が増えるだけです。王国軍に魔物の討伐を依頼し、長期的に被害を減らす方法を考えるのは領主であるべきでしょう」

こちらもまた間違ってはいない。

だけど――と、アイリスはそっと息を吐いた。

二人の意見が対立している構図に見えるが、その実は違う。

ハイド伯爵は地方貴族の纏め役のような役割を果たしている。要するに彼は、自分の仕事に横やりを入れられたくなくて、アイリスの意見に反対しているのだ。

だが、彼の言葉がもっともらしく聞こえるのもまた事実。他の者達は、どちらの言い分が正しいかと議論を始める。国のためではなく、各々の思惑が絡み合う泥仕合だ。

ここ最近の会議は、このような足の引っ張り合いで難航していた。


「はあ……不毛な会議がようやく終わりました」

数時間にも及ぶ話し合いで得られたのは、各々が持ち帰って検討するという結論。

無駄な会議が終わった後、自室に戻ったアイリスはソファに倒れ込んだ。手の甲を額に乗せて天井を見上げる。

溜め息を吐いてぐったりとしていると、アルヴィン王子がやって来た。アイリスの婚約者として顔パスで部屋に入ってくると、無言でアイリスの隣に腰掛けた。そうしてなにも言わないまま、同じように天井を見上げる。

「なあ、アイリス。地方の貴族に探りを入れるためとはいえ、この状況が続くのは不毛すぎないか？　このままでは俺の精神がもたないんだが」

「あら、アルヴィンにも繊細なところがあったんですね」

「抜かせ。そういうおまえもぐったりしているではないか」

「うるさいですね、ぶっとばしますよ……」

疲れ果てたせいか、アイリスの口癖にもキレがない。アイリスとアルヴィン王子は揃って天井を見上げたまま溜め息を吐いた。

レムリア国は――というか、この大陸は昔から魔物の被害に悩まされていた。

しかしながら、その被害の度合いも地域によって異なる。

毎日のように魔物の被害に悩まされる地域もあれば、年に数度の被害しかない地域もある。

そんな事情により、地方は領地ごとの貧富の差が大きい。

主に豊かな地域の領主が、そうでない地域の領主を支援する。そうして結束したのが地方貴族の勢力であり、その勢力を代々纏めてきたのがハイド伯爵家である。

だが、魔族との交易によって、その構図にも変化が訪れた。ゆえに介入しようと、鍵となる人物達を重鎮として採用した――のだが、ものの見事に足を引っ張られている、という訳だ。

「権謀術数にまみれた世界は、おまえの得意分野ではないのか？」

「人を性悪みたいに言わないでください、ぶっとばしますよ」

「ふっ、それくらいストレートなほうが俺はいい」

「……今回ばかりは同感です」

支援すると口にすれば、口出しは無用と反発を招く。さりとて、支援をしないと答えれば、地方を見捨てるのかと反感を買う。面倒くさい、というのがアイリスの本音である。

(とはいえ、わたくしの得意分野であることもまぁ……事実ですね)

「敵味方も見えてきましたし、そろそろ一石を投じましょう」

最近のアイリスは様々なことに辟易《へきえき》していた。面倒なのは足の引っ張り合いだけではない。

アイリスとアルヴィン王子は立場の違いから意見がぶつかることも多いのだが、それを不仲と見て、取り入ろうとする者が後を絶たない。

アイリスに媚びを売ったり、アルヴィン王子に媚びを売ったり、中にはアイリスの代わりにアルヴィン王子の寵愛《ちょうあい》を得ようと娘を送り込もうとする者までいる始末だ。

(いえ、アルヴィン王子の寵愛は勝手に持っていってもらっていいんですけど)

とにかく、どれもこれも面倒くさい。

けれど、一人一人と相対していては時間が掛かりすぎる。面倒な者達を一掃するには相応の舞台や口実が必要だ。その切っ掛けを作るために、アイリスは計画を練り始める。

「アイリス、悪い顔をしているぞ?」

「なにか文句がおありですか?」

「いいや、頼もしいと思っている」

アイリスの隣でソファに身を預けるアルヴィン王子が笑う。やってしまえとばかりの言に、アイリスは苦笑いを浮かべた。その直後、部屋の壁から物音がした。

普通ならあり得ない現象――だが、アイリスやアルヴィン王子はもちろん、部屋の隅に控えているネイトやイヴ、クラリッサ達も動じない。

ほどなく、壁がクルリと回転し、そこからフィオナ女王陛下が現れた。

「アイリス先生、お兄様、遊びに来たよ！」

女王としての彼女は、二人のことを呼び捨てにしている。しかし、隠し通路を通って現れた彼女は以前のように無邪気に笑った。その光景に、アイリスは苦笑いを浮かべる。

「非常用の隠し通路をそのように……仕方ない方ですね」

「えへへ、だって、堅苦しいのは嫌なんだもの」

兄と姉のように慕っている二人を前に無邪気に笑う。レムリアに渡った当初のアイリスと同じくらいの年頃になったフィオナ女王陛下だが、素の姿は相変わらず愛らしい。

「それで、フィオナ女王陛下はなにをしにいらしたんですか？」

「もちろん、遊びに来たんだよ～と言いたいところだけど、会議があまりに平行線だったから、これからどうするつもりなのかな、と思って」

「それなら、ちょうどアイリスが悪巧みをしていたところだ」

「失敬な。敵味方をハッキリさせて、処理しようと思っているだけですよ」

アイリスがそう言うと、フィオナ女王陛下がアルヴィン王子に視線を向けた。しかし、アルヴィン王子が無言で首を横に振ると、フィオナ女王陛下はものすごくなにか言いたげな顔をする。

アイリスは思わずそれに反応してしまった。

「……なんですか？」

「えっと……その、ほどほどにね？　私、お祖父様の跡を継いで、ものすごく実感したことがあるの。アイリス先生がやりすぎると、上に立つ者はすごく大変になるって」

「……そ、それは、その……気を付けます」

グラニス前国王や、実家のアイスフィールド公爵にも同じように諭されてきた。いままでのアイリスは、それをなんとかするのが上の仕事でしょう――と思っていた。

思っていたのだが――教え子であり、溺愛するフィオナ女王陛下にお願いされたアイリスは、今回はさすがに出来るだけ自重しようと心に誓った。

書き下ろし
番外編

エピソード アイリスの暗躍する日々

1

レムリア国の隅っこに、小さくも肥沃《ひよく》な農業地帯がある。平原に大きな川があるだけの起伏が少ない土地で、それゆえに魔物の被害も少ない。

その領地を治めるのは、土地の名前を冠するローニア子爵である。小さい領地ながらも豊かさが保たれているのは、代々のローニア子爵のおかげといっても過言ではない。

けれどいま、ローニア子爵領には暗い影が落ちている。

先代ローニア子爵には娘しかおらず、その娘が婿養子を迎えた。けれど、その娘が馬車の事故で亡くなり、悲しみに暮れた先代ローニア子爵も後を追うように病で亡くなった。

そうして残された婿養子は後妻を迎え――そこからはよくある話だった。

事故で亡くなった先代ローニア子爵の娘と、婿養子のあいだにはモニカという娘がいた。

正当なローニア子爵の血を引く娘は彼女である。

しかし、婿養子と後妻のあいだにも息子が生まれた。婿養子とその後妻は、自分達の息子を正当な跡継ぎにするため、モニカを邪険に扱い始めたのだ。

それが二年前、モニカが十五歳の頃のことである。

それまで受けていた貴族令嬢として当然の権利を奪われたモニカは、屋敷の中で透明人間のように扱われた。もちろん、モニカの祖父や母に仕えていた使用人はモニカに味方してくれたが、そういった者達はなんらかの理由で解雇されていった。

そうして孤独な二年を過ごしたモニカは今年で十七歳。貴族の娘が身に着けるとは思えぬみすぼらしい服を着せられた彼女は、それでもローニア子爵家のために生きようと思っていた。

父が命じるのなら、政略結婚にだって応じる覚悟だった。

だけど、ある日。

部屋に運ばれてきた質素な食事に口を付けたモニカは、思わずスプーンを取り落とした。

「……この味、知ってるわ」

祖父は厳しく、幼いモニカに様々なことを教えてくれた。子爵令嬢に必要な礼儀作法は言うに及ばず、領主として必要な知識や――身の守り方。

その中には、ポピュラーな毒についての知識も含まれていた。

まさか自分が実際に毒を盛られるなんて思ってもみなかった。それでも幼き頃に叩き込まれた習慣を活かし、毒味を兼ねてわずかに含んだ食事を吐き出してハンカチで口を拭う。

（いくら自分達の子供を後継者にしたいからって、義理の娘を毒殺しようとする？）

継母の恐ろしさにその身を掻き抱く。すぐに父に訴えよう――と立ち上がったモニカは、けれど一歩を踏み出したところで足を止めた。

この件に父親が関わっていない証拠がないからだ。いや、いくらなんでも、実の父が関わっているとは思えない――というか、思いたくない。

だが、いまのいままで、父がモニカに手を差し伸べてくれたことはない。身なりからして、モニカが冷遇されているのは明らかであるにもかかわらず、だ。

つまり、父が味方をしてくれる可能性は限りなく低い。

せめて、毒を盛られた明確な証拠でもあれば話は別だが、モニカの味方をしてくれていた使用人はすべて解雇されている。いま屋敷に残っている使用人は全員が継母の味方である。

モニカが毒が入っていたと主張しても、その証拠を消される可能性が高い。それどころか、モニカの自作自演、あるいは錯乱したことにされるかもしれない。

(落ち着くのよ。仮にこれが本物の毒でも、すぐに死ぬような毒じゃない。それにすぐに吐き出したから、体内には吸収されていないはずよ)

かろうじて冷静さを保ったモニカは、すぐに料理を処分した。そうして完食したかのように見せかけ、何事もなかったかのように振る舞うことにした。

だけど、毎食ではないにしろ、毒は定期的に盛られるようになった。毒が入った料理は処分するが、代わりの食事を用意してもらうことは出来ないため、空腹に悩まされることとなる。

なにより、毒を警戒しながら過ごす日々はモニカの神経を削っていく。三ヶ月過ぎた頃には毒の量が増やされ、半年が過ぎたある日、ついに致死の毒が盛られた。

いつものように食べずに処分したが、致死の毒を喰らったのなら平気でいられるはずがない。

言い逃れできるのも数日が限界だろう。

もう無理かもしれないと、痩せ細ったモニカの精神は限界に達していた。

「……このままだと殺されちゃう。お母さん……私、どうしたらいいの？」

当時の、まだ家族に愛されていた頃の面影を残す自室。過去に縋るように、モニカ自身が手入れを続けていたベッドで枕を濡らす。

そうして昼間から部屋で悲嘆に暮れていたモニカは、廊下からメイド達の話し声が聞こえることに気が付いた。扉を少しだけ開け、メイド達の話に耳を澄ませる。

透明人間のように扱われ、情報から隔離されたモニカにとって、こうして彼女らのおしゃべりを盗み聞くことだけが、情報を集める唯一の手段だった。

（弱味を握れたら最高なんだけど……）

いまのモニカは軟禁状態だ。だが、一人でも味方を作ることが出来たら、屋敷から逃げ出すチャンスが得られるかもしれない。

貴族令嬢として育った自分が平民として一人で生きていけると思うほど楽観主義ではないけれど、ここにいたら死ぬのは確実であることも知っている。

可能性があるのなら――と、モニカは顔を上げる。

そうして扉に張り付いて耳を澄ますと、メイド達の話の内容が聞こえてきた。

「ねぇ聞いた、フィオナ王女殿下が女王に即位したって話」

「聞いた聞いた。まだ幼いのに大丈夫なのかしら？」

「地方の領地で暮らす私達には関係ないわよ」

「たしかにね。でも、宰相にはリゼルから来た令嬢が選ばれたって話よ」

「え、どうしてそんなことに？」

「それが、実は――」


メイド達はぺちゃくちゃと喋っている。祖父や母が暮らしていた時代なら、廊下でそのような振る舞いは許されなかった。使用人としての質が低下していると言わざるを得ないが、そのおかげで情報収集できているのだからモニカとしても文句はない。

（こういうことになるから、廊下で無駄話をしちゃダメなんだけどね）

ローニア子爵家の凋落《ちょうらく》を感じつつ、モニカは再び話に耳を傾ける。


「え、王太子の婚約者だったのにレムリアに来たの？　それってもしかして……」

「そう。婚約を破棄されて逃げてきたって噂よ」

「それがどうして宰相に？　能力はあるってこと？」

「それが、アルヴィン王子に見初《みそ》められたんだって。人に取り入るのだけは上手いって噂」

「へぇ～羨ましい話ね。でも、急にどうしてそんな話を？」

「それが、彼女が側仕えを募集してるそうなのよ」

「えー、宰相の側仕えなんてすごい。私も応募しちゃおうかしら」

「バカ、私達みたいな平民じゃ無理よ。上位貴族のメイドは、下級貴族とか、身元がしっかりしている人間だって相場が決まってるんだから。それに――」

メイドが声を潜める。

ここまでペラペラ喋っておいて、今更なんなのよ――と、モニカは更に耳を澄ませた。幸いにして、メイドが声を潜めたのは形だけのようで、耳を澄ますモニカの下には聞こえてきた。

宰相――アイリスに関わった者の多くが破滅している、と。

「破滅ってどういうこと？」

「最初は気に障《さわ》ったメイドがスパイ容疑で解雇されたんだって。それから上級貴族が反逆罪で捕らえられたり、とにかくヤバイらしいわよ」

「えー、なにそれ、怖い」

――と、好き勝手に噂している。もしここにアイリスがいたら、失敬なと眉をひそめたはずだが、もちろん彼女はここにいない。

そして話を聞いていたモニカは、おそらく一部は盛られているのだろうが、話半分としても恐ろしいと身を震わせた。だけど、同時にこうも思う。

（この地獄みたいな場所から逃げ出すチャンスじゃないかしら？）――と。

そして、そのチャンスを生かす案を考える。必死に頭を働かせたモニカは、夕食を運んできたメイドが現れた瞬間に、その計画を実行に移すことにした。

「貴方、シェラと言ったわね。少し話をしない?」

モニカの部屋に食事を運んできたメイドに声を掛けるが、彼女は返事もせずに踵を返す。だからモニカはこう言った。「シェラ、そのまま部屋を出たら死ぬわよ」と。

シェラはびくりと身を震わせ、恐る恐るといった様子で振り返った。

「……どういう、意味ですか?」

彼女の問いには答えず、モニカは素早く料理に毒が入っていることを確認した。その上で、計画を実行に移すべく、彼女へと視線を向ける。

「この料理には致死性の毒が盛られているわね」

「な、なんのことか分かりかねます」

「無駄よ。毒を盛られるようになってから半年。毒が入った料理を運んでくるのは決まって貴女だった。あの女の命令で、貴女が毒を仕込んでいることは分かっているの」

「わ、私は……」

声を震わせるシェラに対し、モニカは冷ややかな視線を向ける。

「私が騒ぎ立てても、あの女はシラを切るでしょうね。でも、毒が入った料理が実際にある以上、貴女は言い逃れが出来ない。それどころか、トカゲの尻尾切りにされるでしょうね」

「……尻尾切り、ですか?」

「私が騒げば、あの女はこう言うわ。料理に毒なんて入っているはずがない。疑うのなら、その給仕の娘に食べさせてみればいい――ってね」

　これでシェラは詰みだ。

　食べてしまえば、死人に口なしと罪を擦り付けられる。食べないと泣き叫べば、毒が入っていることを知っていると白状することとなり、毒を入れた犯人に仕立て上げられる。

「わ、私はただ、奥様に脅されて……」

「……まぁ、そうでしょうね」

　貴族の娘を毒殺したとなれば重罪だ。そうでなくとも、人を一人殺すには相応の理由が必要になる。シェラに人を殺させるほどのカリスマ性を、継母が持っているとも思えない。

　だが、いや、だからこそ、トカゲの尻尾切りになるのは目に見えている。

「だけど、あの女は知らないと言うでしょうね。あるいは貴女が私と結託して、自分を陥《おとしい》れようとしていると主張するかもしれないわね。あの女なら」

「そん、な……」

　モニカの口にした未来が予想できてしまったのだろう。シェラは力なくくずおれた。それを好機と見たモニカは、メイドの立ち話から得た情報を利用する。

「シェラ、このままだと貴女は破滅する。そうしたら、貴女が面倒を見ている病弱な妹も死んでしまうでしょうね」

「な、何故そのことを」

「廊下でおしゃべりするのはほどほどにね」

モニカが笑えば、シェラは身震いをした。

「い、妹は関係ありません」

「もちろん分かっているわ。でも、貴女が面倒を見なければならないのでしょう？　だから、私に従いなさい。私に従うのなら、貴女も、妹も助けてあげるわ」

「……なにを。奥様に殺されそうになっている貴女になにが出来るというのですか？」

「簡単よ。まずはこれを――こうするのよ」

モニカは料理をひっくり返した。

「これで時間稼ぎが出来るわね。少なくとも今日私が死なない理由付けは出来たもの」

「……そんなの、ただの時間稼ぎじゃないですか。毒に気付いている以上、お嬢様が毒入りの料理を食べることはない。貴女が死ななければ、私は結局……」

「そうね。よくても、無能だと追い出されるでしょうね。運が悪ければ、私と一緒に始末されるかしら？　私を殺した犯人として、自殺に見せかけて殺される、とか。どのみち、病弱な妹を支えてあげることは出来なくなるわね」

平民の女性にとって、子爵家のメイドの賃金は高額なほうだ。もしも彼女が屋敷を生きて出られたとしても、病弱な妹を支えて生きられるほど世間は甘くない。

そうして絶望の淵に叩き落としておきながら、モニカはそこに一筋の光明を指し示した。

「私と貴女が生きながらえる道があるわ。だから、私の提案を呑みなさい」――と。

2

「申し訳ございません、奥様。モニカお嬢様が癇癪《かんしゃく》を起こし、料理をひっくり返してしまったため、目的を果たすことが叶いませんでした」

ローニア子爵家に仕えるメイド、シェラはローニア子爵夫人の前に跪いていた。それをローニア子爵夫人は冷たい目で見下ろしている。

「まさかとは思うけど、あの子に同情して、毒の混入を教えた訳ではないわよね？」

「め、滅相《めっそう》もございません！」

深い絨毯が敷かれた床に頭をこすりつけて否定する。そのシェラの卑屈な姿を見下ろしていたローニア子爵夫人はようやく溜飲を下げた。

「……そうよね。私に逆らえば妹がどうなるか、忘れた訳じゃないでしょうし……となると、あの子、自力で毒に気が付いたのかしら。小賢しいこと」

もともと、弱味を握っている相手であるシェラが楯突くとは思っていない。そうして、今後について思いを馳せるローニア子爵夫人を前に、覚悟を決めたシェラが顔を上げた。

「あの――いたっ」

「誰が顔を上げていいと言ったの？」

「申し訳ありません。その……良案があるのです」

扇子《せんす》で顔を叩かれたシェラは、再び頭を下げたまま訴えた。

「良案ですって？」

「はい。フィオナ王女殿下の即位と同時に宰相に上り詰めた方のことをご存じですか？」

「あぁ……たしか、側仕えになるメイドを募集しているのだったわね。うちにも募集の手紙が来ていたはずね」

「はい。そのメイドに、モニカお嬢様を立候補させてはいかがでしょう？　そうすれば、お嬢様をローニア子爵領から合法的に排除することが叶います」

「馬鹿を言わないで。あの子が王都で力を付けたらどうするのよ」

「それが、宰相――アイリス様については色々と黒い噂があるんです」

「……噂？　聞かせなさい」

「彼女の機嫌を損ねた使用人がスパイ容疑で解雇されたり、楯突《たてつ》いた貴族が反逆罪で断罪されたり、とにかくヤバイ人らしいんです」

「それは……本当なの？」

「はい。だからメイドのなり手がいなくて、地方にまでメイドの募集をしているってもっぱらの噂ですよ。実際、隣国からも婚約を破棄されて逃げてきたって噂ですし」

もちろん、シェラは大げさに語っている。王都から地方へと流れる過程で、尾ひれ背びれを付けて面白可笑しく語られた噂に、これでもかとデコレーションを施された情報である。

だが、アイリスに関わって破滅した人間が実際にいるために、その噂には信憑性があった。

ローニア子爵夫人も、なるほどと腑に落ちた表情を浮かべる。

「理解したわ。その情報をモニカには教えず、メイドとして送り出そうというのね」

「はい。普通に考えれば破滅するはずです」

「……なるほど、悪くない案だわ。でも、万が一にもあの子が成功したらどうするの？」

「そのときは、自分のおかげだと恩を売って利用するのはいかがですか？」

「たしかに利用しない手はないわね。いいわ、それで行きましょう」

ローニア子爵夫人が計画の詳細を練り、それをモニカに伝えるべく手配する。その様子を見守っていたシェラは、これでようやく自分の役目が終わった——と、このときは思っていた。


「——お呼びですか、お継母様《かあさま》」

ローニア子爵夫人に呼び出されたモニカは夫人の部屋へと足を運んだ。モニカの部屋とあまりに違う贅沢な内装。先代当主の祖父や、実の母の部屋と比べても贅が尽くされている。

そんな内装に眉をひそめながら、モニカはなんでもないふうを装って頭を下げた。

「ふん、相変わらずみすぼらしい恰好ね。子爵家の一員として恥ずかしいわ」

「申し訳ございません」

モニカがみすぼらしい恰好をしているのは、ローニア子爵夫人がモニカの養育費を削ったからだ。普段ならそう腹を立てたモニカだが、もうすぐおさらばだと思えば我慢も利いた。

「まぁいいでしょう。貴女を呼んだのは他でもないわ。王都で宰相の座についたアイリスという娘がメイドを募集しているそうなの。貴女、それに立候補なさい」

「わ、私がですか？　私に務まるとは思えませんが……」

喜んで！　という内心を必死に隠し、モニカは自分には無理だと訴えかける。

「なにを言うの。貴女は先代ローニア子爵から厳しい教育を受けていたでしょう？　宰相の側仕えだって、貴女になら出来るはずよ」

どの口がと顔が引き攣《つ》りそうになるのを自覚しながら、わずかに乗り気な姿勢を見せる。貴女になら出来るはずだと口にするローニア子爵夫人は、この上なく胡散《うさん》臭かった。

それでも、ここで彼女の反感を買う訳にはいかない。

「お継母様がそこまで仰るのなら、この話を受けようと思います」

「ええ、それがいいわ。私は貴女のためを思って提案しているのだもの」

本当に、どの口が言うのだと呆れてしまう。

（……精々、私がいないあいだは好き勝手するがいいわ。貴女のした仕打ちは忘れない。お母

様と私の思い出の家を奪った貴女達に必ず復讐してやるから)
アイリス、あるいはその周辺の誰かに取り入って、継母を断罪するように仕向ける。それが無理なら、自分と共に家族が連座になるくらいの罪を犯して道連れだと嗤《わら》う。
モニカは深く頭を下げることで、その顔に浮かんだ淀んだ感情を隠した。

王都行きが決まったからか、ピタリと毒の混入はなくなった。ローニア子爵家の品格が疑われないようにか、衣類もまともな物が用意される。

そうして、ここ数日のモニカは、母が亡くなってからでは一番平和な日々を過ごしていた。

だがそのあいだも、ローニア子爵、つまりは父と会うことはついになかった。

(まぁ別に、期待していた訳じゃないけどね)

父と話さなくなって久しい。たまに廊下ですれ違っても声すら掛けられない。後妻の仕打ちを知りながら放置している時点で、モニカにとっては父も敵なのだ。

そして、モニカが父を見限った頃、ついに王都行きの日がやって来た。モニカは用意された馬車に乗り込み、誰の見送りもなく王都に向けて出発した。

だが――

「……それで、どうして貴女が同乗しているの？」

向かいの席には、青ざめた顔のシェラが座っていたのだ。なんとなく理由は予想できるけれど——と思いつつ、モニカは向かいの席に座るシェラに問い掛けた。

「そ、その、奥様が、宰相の側仕えになるのなら、メイドの一人くらいは連れて行くべきだろうと仰って……その、つまり……」

「あの女に、私の監視をしろと言われたのね？」

「……はい」

言い逃れる術はないと思ったのか、シェラはすぐに白状した。だが、すぐに必死な形相《ぎょうそう》を浮かべて、モニカに縋りついてくる。

「お願いします、私を追い返さないでください。お役目を果たせないとなれば、私は解雇されてしまいます。そうなったら——」

「病弱な妹の面倒が見られない、と。王都に行って、妹はどうするつもりなの？」

「それは……その、仕送りでなんとか」

「そう……」

モニカは考える。シェラはモニカに毒を盛った実行犯だ。たとえローニア子爵夫人に脅されてのことだとしても、モニカを殺そうとしたことには変わりない。

だけど、モニカは同時にこうも思う。

（私と彼女は一蓮托生《いちれんたくしょう》。そう思えば、仲間に引き込むことは出来るはずよ）

――自分を殺そうとした事実にさえ目を瞑れば。

モニカはぎゅっと目を瞑って、彼女を許せるか自問自答する。自分を殺そうとした彼女に対して根深い怒りはある。だが同時に、継母に利用されただけの彼女に同情もある。

許すことは出来ないけれど、復讐のために我慢することは出来そうだった。

「シェラ、もう一度取り引きをしましょう。貴女が私の味方をするのなら、いつか貴女の妹のことも助けてあげる。どう？　悪い話じゃないでしょう？」

その提案を受けたシェラは大きく目を見張った。

「私を、見捨てないでくださるのですか？」

「貴女が私に従うのなら、よ」

裏切るのなら、そのときは許さないと圧力を掛ける。それに対し、シェラはポロポロと涙を零して泣き始めた。いきなりのことにモニカは困惑する。

「ちょっと、なにを泣いているのよ」

「も、申し訳ありません。ですが、貴女を殺そうとした私に、そのようなお声を掛けてくださるとは思わず。ありがとう、ありがとうございます。このご恩は一生忘れません」

そうして涙を流しながら頭を下げる。そんなシェラの姿を、モニカは何処か白々しいと思いながら見つめていた。どうせ、同情を買うための演技だろう――と。

だが、理由はともあれ、シェラがモニカの味方に付いたのもまた事実。少なくとも、モニカが有利な状況に立っていれば、そのあいだは裏切らないだろう。

とにもかくにも、モニカは仲間を手に入れた。

こうして、モニカは王都へと向かう。

目的はローニア子爵家を奪った継母と父に復讐すること。そしてそのためなら、アイリスやその婚約者であるアルヴィン王子にすら取り入ってみせると決意した。

したのだが——

王都に到着し、アイリスと初めて顔を合わせたそのとき。

「貴女がモニカね。貴女は破滅するのとさせるの、どっちがいいかしら？」

仕えるべき相手となるアイリスは、開口一番にそんな言葉を口にした。

3

王都に着いたモニカとシェラは招待状を渡して城の門をくぐる。最初に通されたのは待合室だった。そうして一息吐いたところ、シェラが物珍しげに部屋の内装を見回し始めた。

「シェラ、あまりキョロキョロしてはみっともないわよ」

「だって、こんなに豪華な待合室、滅多にお目に掛かれませんよ。それに、私だって人前では自重します。いまは誰も見てないのだからいいじゃありませんか」

「……だといいけど」

シェラは知らないようだが、貴族の屋敷にある待合室には覗き部屋が存在することが多い。これは、尋ねてきた人間の人柄を事前に確認するために使われている。

それを知るモニカには、この部屋にそういった類いの仕掛けがないとは思えなかった。

「とにかく、落ち着きなさい」

ここでメイドに相応しくないと判断されて領地に送り返されたら、モニカもシェラも命を失う可能性が高い。そう小声で訴えかければ、シェラは慌てて居住まいを正した。

そうして待合室で待つことしばし。

扉がノックされ、そこから姿を現した二人は、モニカと同じ年頃の使用人だった。

「初めまして。ローニア子爵家のモニカお嬢様と、そのお付きの方ですね。僕はネイト」

「そして私はイヴ。共にアイリス様に仕える使用人です」

モニカと同じ年頃ながら、遥かに洗練された立ち振る舞い。上級貴族の使用人は、自分と同じ下級貴族であると思い出したモニカは慌てて席を立つ。

「アイリス様にお仕えするべく、こうして馳せ参じました。お二人は私の先輩となる方ですね。恐れ入りますが、家名をお教えいただけますでしょうか？」

「僕達は平民の出身ですので家名はありません」

「そう、なのですか……」

どういうことだろうと、モニカは内心で首を傾げた。

上級貴族、それも宰相の地位にいるアイリスの使用人。それも側仕えの役割に付く者なら、下級貴族が務めるのは当然のことである。

それなのに、出迎えとして現れたのは平民の使用人。

（私達のことはあまり歓迎されていないのかもしれないわね）

モニカがそう思った瞬間、ネイトとイヴが顔を見合わせる。それから、なにかを悟ったような顔をしたイヴが「モニカ様の考えていることは誤解ですよ」と口にした。

「……誤解、ですか？　というか、考えていること？」

「私とネイトはアイリス様より上級使用人の役目をいただいています。ですから、主《あるじ》がモニカ様を歓迎していない、ということはございません」

見事に心配していた内容を言い当てられ、しかもそれに対して訂正を入れられた。そのことに若干の恥じらいを覚えつつ、どうして宰相に仕えるのが平民なの？　と首を捻る。

「アイリス様に仕えるのは、みんな平民なの？」

「いいえ、ただ私達が平民なだけで、他の方々はほとんどが貴族の血筋ですよ」

「へぇ、そうなのね」

（アイリス様の気まぐれかしら？　変わったお方というのは本当みたいね。それとも、平民を雇わなくちゃいけないくらい、なり手がない、ということかしら？）

相手が平民と知り、少し緊張を解いたモニカが考えを巡らす。

「モニカお嬢様。いまの貴女はお客様です。けれど同時に、アイリス様にお仕えすることになれば、僕達の下につくことになります。それを理解していますか？」

平民に、上司を敬えと指摘されたモニカは顔を強張らせる。

モニカは知り得ないことであるが、ネイトとイヴにとってこのやりとりは初めてではない。それどころか、既に何回もおこなわれたやりとりである。

そして、いままでの子息子女は「平民の下につくなどあり得ない」と帰っていった。それは、貴族の家に生まれた者にとっては当然の反応だ。

けれど、使用人から冷遇され、継母には毒殺されそうにまでなったモニカにとって、平民に仕えるなど些細な問題である。

わずかに残ったプライドを抑え込み、「失礼いたしました」と頭を垂れた。

「私達の下につく覚悟があると？」

「アイリス様がお認めになったことなら従います」

平民の二人に従うのではなく、アイリスの命だから従うというニュアンス。それはモニカのプライドが滲んだ答えだったが、ネイトとイヴは気にしなかった。

「いいでしょう。では当面は私の下で研修を受けてもらいます。それで問題がなければ、アイリス様に紹介するとしましょう。まずは城の案内をします。ついてきなさい」

言うが早いかイヴが歩き出す。

こうして、モニカの王城での生活は始まった——のだが。

「……っ、疲れた。あれで序の口って……嘘でしょ、忙しすぎない？」

一日目の研修を終え、あてがわれた部屋に戻ったモニカはベッドに倒れ込んだ。それを、モニカのお世話係として、部屋の片付けをしていたシェラが意外そうな目で見る。

「お嬢様は普通のご令嬢より苦労しているのに、それでも大変なんですか？　側仕えの役目といったら、主の身の回りのお世話や装飾品の管理、お茶会の準備とかですよね？」

「その仕事量が半端じゃないの。それに薬草園の管理とか、交易の内容についての資料を纏めるとか、どうして私がしなきゃいけないのか、よく分からない仕事がいっぱいあるし……」

「ああ、主が宰相だからでしょうか」

「でしょうね。それにあの二人、むちゃくちゃ優秀よ。最初だから軽めに——とか言って、押し付けてくる仕事の量が尋常じゃないわ」

とにもかくにも、普通の令嬢に仕える感覚とは明らかに違う。モニカとて、ここに来るまでにいろいろと心構えをしていたのだが、気合いを入れ直す必要がありそうだった。

「頑張ってくださいよ。モニカお嬢様が解雇されたら私も大変なんですから」

「分かってるわよ。なにがなんでも認められてみせるわ。それと、シェラにも仕事を頼むつもりよ。それを利用して、アイリス様やその周辺の情報を集めてちょうだい」

「かしこまりました」


それからモニカの研修の日々が始まった。かつて厳しい教育を受けたとはいえ、父が再婚してからは空気のように扱われていたモニカには未熟な部分が多い。

だが幸いにして、イヴはそれを責めたりはせず、丁寧に仕事を教えてくれた。最初は思うところもあったモニカだが、次第にイヴを認めて自ら教えを請うようになる。

そうして一ヶ月ほどが過ぎたある日、モニカはついにアイリスとの面会を認められる。直後に案内されたのは、アイリスが普段使いにしているという応接間だった。

その内装の美しさに、モニカは思わず息を呑んだ。

(元隣国の人間が、ここまでの待遇を受けるなんて……)

シェラのおかげもあって、モニカはアイリスやその周辺に関する情報を少しばかり仕入れている。王都の使用人のガードは堅く、仕入れられたのは噂話程度だが、それでも辺境のローニア子爵領にいた頃よりは信憑性の高い情報を得ることが出来た。

その結果、アイリスが意味もなく他人を破滅に追いやるような非道な人間ではないことを知った。彼女が破滅に追いやったのは、間違いなく悪事を働いた者達だった。

だが、それ以外には分からないことも多い。宰相として、フィオナ女王陛下の覚えはいいようだが、婚約者であるはずのアルヴィン将軍とはぶつかることが多いとも聞いている。

その中には、中庭で大立ち回りを演じたという情報まであった。

結局のところ、危険人物なのかどうかはよく分からない。よく分からない以上、出来ればあまり関わらないほうが無難――というのがモニカの本音である。

（でも、私には後がない。彼女に、あるいはアルヴィン将軍に取り入ってでも生き残る。そして、私とお母様の家を奪った父と継母に復讐するのよ！）

そんな決意を抱き、アイリスの入室を待つ。

ほどなく、アイリスが部屋にやって来て、モニカは頭を垂れて出迎えたのだが――

「貴女がモニカね。貴女は破滅するのとさせるの、どっちがいいかしら？」

アイリスが開口一番に口にしたのはそんな言葉だった。驚いたモニカが顔を跳ね上げると、そこにはこの世の者とは思えないほど美しい女性が微笑んでいた。

二重に驚いて息を呑む。そんなモニカを前に彼女は淡々と続ける。

「貴女の家庭環境は調査済みよ。ずいぶんと苦労したみたいね。貴女がここに来たのは……そうね。継母に復讐するため、かしら」

内心を言い当てられびくりと身を震わす。それでも、スカートをきゅっと握り、表情には出さないように我慢した。そうして、怯えたフリをする。

「わ、私は、親に言われるままに、ここに来ただけで……」

「嘘ね。貴女の目は、言いなりになる者のそれじゃない。それで、貴女が考えている手段はどんなものかしら？　わたくしに取り入る？　それとも……ああ、アルヴィンを籠絡《ろうらく》するという手段もあるわね」

「ま、まさか、そんな……」

「あら、どうしたの？　声が震えているわよ」

端的に言って詰んでいた。ここまでバレていては弁明のしようもない。仕えるべき相手を利用しようと考えていたのだ。この場で罰を与えられても文句の言いようがない。

そう思っていただけに――

「ちょうど、貴女みたいな人材を探していたのよ」

アイリスの言葉は理解の範疇《はんちゅう》を超えていた。

「え、あの、それは、どういう……？」

「わたくしのために働いてもらうと、そう言っているのよ。貴女に逃げ場はないのだから、当然、わたくしに従ってくれますよね？」

やっぱり詰んでいた。

（誰よ、賢姫とは名ばかりで、取り入るのが上手いだけの令嬢とか言ったのは！）

噂を鵜呑《うの》みにしていた訳ではないけれど、いくらなんでも噂と違いすぎると内心で悲鳴を上げる。自分の思惑を見透かされたモニカは、これからどうなるのだろうかと身を震わせた。

4

こうして、メイドとしてアイリスに仕えることを許されたモニカは、さっそく主であるアイリスに同行することになった。最初こそ、もうダメかもしれない——なんて不安に思ったモニカだが、すぐに持ち前のポジティブさを発揮した。

(どうせ私の思惑がバレてるなら、真正面から取り入ってやるわ！)

そんな決意を抱き、アイリスに同行する。その日は、朝から大きな会議室で話し合いがおこなわれた。国の重鎮達、宰相と将軍、それに女王陛下までが集う会議。

さすがにその規模の会議となると、モニカは退出を命じられる——と思ったのだが、なぜか会議室まで同行するように命じられた。

疑問に思いつつも、モニカはアイリスの背後に控える。

そうして、会議が始まった。

(どうして私が参加させられたのか分からないけど、これはアイリス様のことを知るチャンスよ。うぅん、それだけじゃない。国のトップがおこなう会議なんて情報の宝庫に違いないわ)

このチャンスを絶対に摑んでみせると、会議の内容に耳を傾ける。

最初は隠れ里や魔族領との交易の収支報告などがおこなわれた。続いて、各領地の現状や、それぞれが抱える問題点と、それに対する対策などが話し合われる。

ここでモニカが気付いたのは、同じ貴族の中でも立場が二極化していることだ。モニカは便宜的に、地方貴族と中央貴族と名付けたが、その二つのあいだには大きな隔たりがある。

それに加え、地方貴族の中にも二つの立場があることに気付いた。中央貴族の助けを必要としている勢力と、地方貴族だけでなんとかするべきだと主張する勢力だ。

前者は主に魔物の被害が大きな領地の貴族で、後者は魔物の被害が少なく、被害が多い領地に対して支援をおこなっている貴族だった。

（支援をする者達だって、中央貴族の助けを借りたほうが負担が減るはずよ。なのに、中央貴族の介入を嫌うのは何故かしら？）

魔物の討伐だけを中央貴族に依頼して、領地への介入は避けようとしている。自分達の領地ならばともかく、対象は実際に被害を受け、自ら支援をおこなっている領地だ。

断る理由はないはずだ。

まるで、被害を受けている領地を見られたら困るようだ——と、そこまで考えたとき、いままでは黙って話を聞いていたアイリスが口を開いた。

「このままではまた、話が平行線のままですね。けれど、いいかげんに対策を練らねばなりません。わたくしは地方の視察を提案いたします」

この国のナンバー2ともいえる宰相の発言である。それを聞いたモニカは当然、話はその方向で纏まるのだと思っていた。だけど、真っ先に反論したのはアルヴィン将軍だった。

「そのようなまどろっこしいことをせずとも、煩わしい魔物は討伐してしまえばいいではないか。どうせ、我らの害になることは分かっているのだ」

将軍らしい発言。だけど、彼はアイリスの婚約者だ。それなのに彼女の意見を真っ向から否定する。婚約者の立場をなくす行為とも言える。

(婚約者と言っても、仲がいい訳ではないのかしら?)

であるならば、自分が付け入る隙もあるかもしれないと一瞬だけ考え、すぐにその想いに蓋をした。アイリスが自分のもくろみを見抜いていたことを思い出したからだ。

(彼女を敵に回すのはダメ。私の生存本能が全力で訴えてる)

モニカはそう判断したけれど、そうは思わなかった者もいる。王家の介入を嫌っていた重鎮の一人、ハイド伯爵である。

「さすが戦場を駆ける英雄ですな。魔物の討伐はぜひともアルヴィン将軍にお願いいたしましょう。アイリス宰相閣下もそれでいかがですか?」

ハイド伯爵はさきほどまで、アイリスのことを普通にアイリス宰相と呼んでいた。

にもかかわらず、急に丁寧な呼び方に変えたのは嫌味の類いだろう。まるでアイリスのことをお飾りの宰相だと揶揄《やゆ》しているようだった。

刹那、一部の重鎮達がわずかに嘲笑《ちょうしょう》するような素振りを見せた。ハイド伯爵に同調して、アイリスを嘲笑ったのかと思ったモニカだったが、すぐに違和感に気が付いた。

(むしろ、ハイド伯爵に哀れみの視線を向けてる……?)

よく分からない。なにか、ボタンを一つ掛け間違ったような気持ちの悪さを感じる。だが、モニカがその原因をたしかめるより早く、アイリスが口を開く。

「たしかに、魔物退治はお手の物ですものね。では、魔物の始末はアルヴィンに任せましょう。ですが、わたくしはやはり視察団を派遣します」

「アイリス宰相、それは……」

「ハイド伯爵、中央の支援が足りていなかったのは事実です。その環境下において、地方を纏めていた貴方が、中央の介入を嫌う気持ちは理解いたします。ですが、地方の貴族の中には私腹を肥やし、貧困に喘ぐ他の地方を支配しようともくろむ者がいる、との噂を聞いています」

「なっ、貴女は我らを侮辱するつもりか!」

ハイド伯爵が声を荒らげた。

その迫力はすさまじく、アイリスの背後に控えていたモニカが身を震わせるほどだった。だが、モニカの前に立つアイリスは動じず「まさか、そのようなことは」と言い放った。

「あくまで、悪《あ》しき魔物のようなやからがいるという情報を耳にしたまでのこと。もちろん、地方を纏めてくださっている貴方がそうだとは欠片も思っておりませんわ」

「……そこまで仰るからには、当たりは付けているのでしょうね。一体、何処の領地がそのような悪事を働いていると仰るのですか？」

「ローニア子爵領ですわ」

事もなげに言い放った。アイリスの言葉を聞いて一番驚いたのはモニカである。なにそれ聞いてないよ！　と、その場で叫ばなかった自分を褒めてあげたいと思ったほどである。

そして、ローニア子爵領の名前が挙がることはハイド伯爵にとっても意外だったのか、「一体何処から、その名前が……？」と驚いている。

「先日、ローニア子爵家のご令嬢をメイドとして雇いました。……モニカ、ご挨拶なさい」

こんなことになるなら、せめて事前に教えておいてください！　と、そんな内心を目で訴えかけながら、「モニカ・ローニアと申します」と名乗りを上げる。

一部から、先代の孫娘という声が上がった。

「知っている者もいるようですね。彼女は前ローニア子爵の孫娘です。ですが、前子爵とその娘が非業の死を遂げ、いまのローニア子爵家は、婿養子の子爵と後妻が実権を握っています」

アイリスの言葉に、モニカの心臓がドクンと嫌な音を立てた。彼女の言い方がまるで、モニカの母と祖父が、婿養子やその後妻に殺されたと言っているように聞こえたからだ。

（え、待って、嘘でしょ。お祖父様やお母様の死は、事故じゃなかったの……？　そんなことは……いや、でも、私も毒殺されそうになったし……まさか、本当に？）

驚くべき事実を知ってしまったと息を呑む。モニカの表情は真に迫っていて、それを見た者達はモニカと同じ結論に至った。

「今回の一件、モニカから訴えがあったのです。いまのローニア子爵領では不正がおこなわれている、と。具体的にはレムリア国で禁止する麻薬の栽培ですね」

え、そんな話、聞いてない！　と、叫びそうになるのを必死に耐える。そうして口をつぐむモニカに対して、アイリスが「そうですね？」と同意を求めてきた。

モニカの本音はもちろん、そんな話は知らない――である。

だけど、アイリスがここにモニカを連れて来た理由はこれだろう。ここで彼女の思惑に乗れなければ、使えないと切り捨てられても文句は言えない。

伸《の》るか反るかの賭けだけど――と、モニカは喉を鳴らした。

（ここは行くしかない。アイリス様がなにを考えているか分からないけど、もしも麻薬の件が本当なら、私とお母様の家を奪った彼らに復讐できるはずよ）

そう判断を下し、きゅっとスカートを握り締めた。

「アイリス様の仰る通りです。それに、私がアイリス様のメイドになることを望んだのは、あのまま領地にいたら殺されると思ったからです」

「殺されるとは穏やかではありませんな。なにを理由にそのようなことを仰るのですかな？」

ハイド伯爵が疑いの眼差しを向けてくる。だがモニカは、この話を口にすれば、絶対に揚げ足を取られるであろうことを知っていた。

ゆえに、いまの状況で言うべきことは分かっている。

「私の食事に何度も毒が仕込まれていました。残念ながら誰が仕込んだかは分かっていませんが、領地にいては殺されると思ったのはそれが理由です」

私は誰が毒を仕込んだとは明言していない——というスタンス。自分が口にしなければ、相手から追及されることはない。

たとえ相手から継母の名前を出されたとしても、ここでその名前を出すなんて、貴方も怪しいと思っているのですか？　と継母への疑念を煽ることが可能だ。

こうして周囲に疑惑だけを植え付け、自らへの追及を躱す。

正直、モニカがこんな発言をすると、アイリスは思っていなかったはずだ。だけど、なんの打ち合わせもなく、自分に無茶振りをしたのはアイリスも同じである。少しくらいやり返したって文句を言われる筋合いはない——と、モニカは主へと視線を向ける。

けれど、彼女は驚くでもなく、満足そうに頷いた。

「いま皆さんがお聞きになった通り、地方におかしな動きがあります。それが事実かどうか現時点では分かりませんが、それをたしかめるためにも地方の視察は必要です」

驚きや疑惑、様々な意見が飛び交う中、その日の会議は地方に視察をおこなうという方向のまま強制的に打ち切られた。


こうして会議が終わった後、アイリスは残って大臣の一人と話している。モニカがそれを横目に見守っていると、ハイド伯爵が近付いてきた。

「モニカ嬢、久しぶりだね」

「え、あの……？」

何処かで会ったことがあっただろうかと首を傾げる。

「おっと、これはすまない。キミが覚えていないのも無理はない。私がキミと会ったのはずいぶんと昔のことだからね」

「昔というと、もしかして……？」

「ああ。私は君のお母様と親交があったのだよ」

「そうですか……母の。生前は母がお世話になりました」

ぺこりと頭を下げると、ハイド伯爵はモニカの肩をポンと叩いた。

「そう堅苦しくすることはない。それより、ずいぶんと大変なことになっているようだね。アイリス宰相の言っていたことは事実なのか？」

「……すみません。そのことは……」

モニカはそう言って顔を伏せた。

といっても、両親の死因や、麻薬の栽培の件が悲しかったから――ではなく、自分でも把握していないことばかりで、質問されてもなに一つ答えられないからである。だが、ハイド伯爵は誤解してくれたようで「すまない、思い出したくない話だったね」と慰めてくれる。

「いいえ、お気になさらず」

「そうかい？　ところで、キミは視察に参加するのかな？」

「……アイリス様の命令があれば、私も同行することになると思います。ただ、詳しいことは口外しないようにと言われているので」

素知らぬ顔で嘘を吐く。家族から空気のように扱われ、毒を盛られても気付かぬフリをしてきた。モニカにとって、この程度の演技はお手のものである。

「そうか……いや、そうだな。なにか困っているのなら、力に……と思ったのだが、そういう事情ならば仕方ないな。知っていると思うが、ローニア子爵領に行く途中には、我がハイド伯爵領がある。キミがローニア子爵領に帰ることがあれば、ぜひ立ち寄ってくれたまえ。母上のことで、君には伝えておきたいことがあるんだ」

「……母のことですか？　それは一体……」

「すまないが、このような場所で話せることではない。では、また――」

彼はそう言って立ち去っていく。それと入れ替わりでアイリスが戻ってきた。

「モニカ、ハイド伯爵となにを話していたのですか？」

「大したことではないんですが……ハイド伯爵は、私の母を知っているらしいです」

「……そうですか」

アイリスが目を細める。その横顔に言いようのない寒気を覚え、モニカは身を震わせた。

「アイリス様？」

「いいえ、なんでもありません。部屋に戻りましょう」

そう言って歩き始めるアイリスの後を追い掛けた。そうして部屋に戻った後、モニカがものすごくいろいろと聞きたげな顔をしていると、アイリスが声を掛けてきた。

「モニカ、ここにはわたくしが信頼している者しかいないわ。だから、なにか聞きたいことがあるのなら聞いてかまいませんよ」

「では、その……私の母と祖父が、継母に殺されたというのは本当ですか？」

「あら、誰がそんなことを言いましたか？」

「え、誰もなにも、さっき、アイリス様が……」

言ったと口にしようと、アイリスの言葉を思い返したモニカは口をつぐんだ。アイリスは一言も、継母が二人を殺したとは言っていなかったからだ。

「も、もしかして、わざと誤解するような言い回しをしましたか？」

大胆にやってのけた——と、モニカ自身が思っている、継母が自分を毒殺しようとしている
とほのめかした一件。それよりももっと大胆、かつ自然に同じことをアイリスがやっていた。
それに気付いたモニカは息を呑み、まさか——と口を開く。
「麻薬の件もデタラメですか⁉」
もしそうなら、自分はとんでもない泥船に便乗したことになると慌てるが、幸いにして「い
いえ、そちらの件は本当よ。既に証拠も押さえてあるわ」という答えが返ってきた。
モニカはほっと息を吐く。だけど次の瞬間、本当に実家が麻薬の栽培をおこなっているなん
て……と唇を噛んだ。そしてローニア子爵家の未来を憂う。
「アイリス様は、ローニア子爵家をどうなさるおつもりですか？」
「もちろん、相応の罰を下すことになるでしょう。国のために領地を豊かにするはずの者が、
自分の領地ばかりか、周囲にまで被害を、それも意図的に及ぼしたのですから」
「そう、ですよね……」
言うまでもなく、麻薬の栽培は重罪である。領主が主導でおこなっていたとなれば、爵位を
剝奪されても文句は言えない。
（お母様と私から居場所を奪った二人に復讐するのが私の望みだったけど……）
祖父と母が守ろうとした領地も失うことになる。復讐の機会が目の前に巡ってきたからこそ、
モニカは本当にそれでいいのかと迷いを抱いた。

その直後、アイリスの部屋の扉がノックされた。

5

「どちら様でしょう?」

アイリスに仕える使用人、側仕えの中では下っ端に位置するモニカが応対すると、そこにはさきほどの会議に出席していた若い貴族の男性が立っていた。

「貴方はたしか……」

「ゲイル子爵と申します。アイリス様にお目通りは可能でしょうか?」

「少々お待ちください」

一度部屋に引っ込んで、アイリスにゲイル子爵の訪問を告げる。いくら使用人達が控えていても、婚約者のいる若い女性の部屋を、男性が訪ねるのはどうなのか——と思ったモニカだが、アイリスは意外なことに彼の入室を迷うことなく許可した。

モニカがそれに応じてゲイル子爵を部屋の中へ。その頃には、別室でイヴがお茶の用意を始めていた。モニカは慌ててその手伝いに向かう。

そうして給仕室でイヴと並んでお茶菓子を用意しながら、ふと思ったことを尋ねた。

「イヴ先輩、アイリス様とゲイル子爵はどういう関係なんですか?」

軽い雑談のつもり――だったのだが、イヴはわずかに目を細めた。

「興味本位だったら教えることは出来ませんよ」

「え、いえ、その、アイリス様に仕える身としては、知っておいたほうがいいかな、と」

慌てて捻り出した理由だが、一応は本心でもある。それが分かったのか、イヴは仕方ないなぁとばかりに肩をすくめた。

「そうですね……アイリス様が賢姫だということは知っていますよね？」

「隣国で賢姫だったことは聞いています。その……隣国でよくないことがあり、レムリア国に渡ってきた……という噂を聞きました」

「それは根も葉もない噂……ではありません。ですが、アイリス様の評価をする噂としては完全に間違っています。アイリス様はいまでも賢姫だと、多くの人がそう思っています」

イヴは本心からアイリスを慕っているようだ。

「……たしかに、会議で発言するアイリス様は立派でしたね。周囲に反対されても、自分の地位を守るために努力なさるお姿は恰好よかったです」

「あら、モニカも、あの光景をそのように思ったのですか？」

イヴがクスクスと笑う。

「……なにかおかしなことを申しましたか？」

「おかしくはありませんよ。おそらく、新しく重鎮になった貴族達も同じように思っているのでしょう。ですが、アイリス様に仕える先達として忠告しておきましょう。アイリス様をそのように見くびっていると、必ず大変な目に遭いますよ」

そう告げたイヴの表情は穏やかだ。

だが、いまの発言は——

「警告、ですか？」

「いいえ、忠告です。いまは分からないかもしれませんが、アイリス様の行動力はすさまじいものがあります。それこそ、必死に付いていこうとする者ですら置き去りにするほどに」

それを聞いたモニカは、行動力がありすぎるという意味だろうと当たりを付ける。

（たしかに、アルヴィン将軍が魔物の討伐に出ているあいだに、自分は視察を向かわせると言ったときは驚きました）

「断言できますよ。今回の一件、アイリス様を過小評価している方々は必ず酷い目に遭います。だからモニカ、貴女もそうならないように気を付けなさい」

「……肝《きも》に銘じます」

大げさなと思いつつも、後輩の立場として素直に答えた。

そんなモニカを見たイヴは小さく笑って、「あぁそうでした。ゲイル子爵との関係でしたね。ゲイル子爵は学者気質なので、アイリス様と気が合うようですよ」と答えてくれた。

だが、そんな理由で、部屋を訪ねたりするだろうか？　とモニカは首を傾げる。そうしてお茶菓子を持って部屋に戻ったモニカは、あらためて二人のやりとりを観察しながら思う。

（もしかしたら、アイリス様の本命はゲイル子爵、だったりしないかな？）

ぱっと見た感じ、アルヴィン将軍との仲はそれほどよさそうに見えなかった。だが、ゲイル子爵とのやりとりはいかにも楽しそうだ。

「アイリス様は、またとんでもないことを考えておいでではありませんか？」

「あら、そろそろレムリア国に巣くう地方の魔物を一掃しようと思っているだけですわ」

「その結果が視察ですか。事後処理が大変になりそうですね」

「その辺りは貴方にも期待していますわ」

話している内容は何やら物騒だが――と、モニカは困惑する。

だが、楽しそうなことに違いはない。やはり、アイリスの本命はゲイル子爵――と、モニカが結論付けようと思ったそのとき、再び扉がノックされた。

千客万来――と、応対したモニカは、そこに立っている人物を目にして息を呑んだ。やって来たのが、アイリスの婚約者であるアルヴィン将軍その人だったからだ。

（う、嘘、待って。いまはまずい、いまはまずいよ！）

アイリスとゲイル子爵がしているのはあくまで仕事の話だ。だが、状況だけを見れば、浮気の現場だと捉えられてもおかしくはない。

すなわち修羅場である。

アイリスが失脚したら自分の身も危ないと、モニカは必死に誤魔化す方法を考える。

「ア、アルヴィン将軍、アイリス様になにかご用ですか？」

モニカは少しだけ大きな声で尋ねた。部屋の中にアルヴィン将軍の来訪が伝わるようにして、そのあいだに対処してくれることを願って。

だというのに——

「アルヴィン様、どうぞ中に。ゲイル子爵もいらしていますよ」

イヴがそんな言葉を口にした。

（あぁあぁぁあ、なんてことを！）

修羅場が、惨劇が！　と慌てるモニカだが——

「なんだ、また来ているのか、あいつは」

と、アルヴィン将軍はとくに気にしたふうもなく部屋に足を踏み入れる。

（え、なんで？　どうして？）

修羅場になるのは分かる。あるいは、アルヴィン将軍がアイリスを信じるというプロセスを経て、結果的に丸く収まるのなら分かる。

だが、いまのはまるで——

（日常的におこなわれてるみたいな……はっ！　アルヴィン将軍は、アイリス様の本命がゲイル子爵なことを知ってる!?　知っていて、許されぬ恋をする二人を応援しているの!?）

貴族であれば、政略結婚は珍しくない。

ゆえに、政略結婚をしながら、許されぬ恋に燃える男女の話は貴族社会における恋物語の王道だ。それに付けて、婚約者や伴侶がその恋を応援する展開も珍しくない。

――と、モニカは思っている。余談だが、屋敷に軟禁状態だったモニカの唯一の楽しみは、屋敷にあった三角関係を描いた貴族の恋物語を読むことだったのだが――閑話休題。

（アルヴィン将軍もまさか……っ！）

尊い！　とか思いながら、アルヴィン将軍の分のお茶も用意する。そうして部屋に戻ったモニカが目にしたのは、ソファでゲイル子爵と向かい合って話すアイリスの横、アイリスの髪を弄《いじ》ってちょっかいを掛けるアルヴィン将軍の姿だった。

（……あれ？）

モニカの妄想が音を立てて崩れていく。だが、今度はアルヴィン将軍がアイリスに熱い視線を向けていることに気付く。

（まさか、自分の想いと、アイリス様の想いのあいだで揺れてる!?）

地方領地で空気のように扱われていたからこそ、唯一の娯楽だった物語。それを現実に当てはめる恋愛脳。いろいろと妄想を膨らませていたモニカだが、次の瞬間には身を震わせた。

アイリスの部屋の片隅にある壁からどんどんと音が響いたからだ。

「え、いまの音は一体……？」

「あぁ、フィオナ女王陛下ですね」

イヴが事もなげに言うが、もちろんモニカは理解できない。だが次の瞬間にはクルリと壁が回転して、そこから「遊びに来たよ！」とフィオナ女王陛下が現れた。

（え、なに、どういうこと？　どうして壁から女王陛下が!?）

呆気に取られるモニカに、イヴが「驚きますよね。女王になって気軽に遊びに来れないからと、お忍びで来られるように隠し通路を造らせたんですよ」と笑う。

「は、はあ……」

説明を受けても理解が出来ない。

（本当に、なにがどうなってるの？　アイリス様はアルヴィン将軍と不仲だったんじゃなかったの？　というか、女王陛下が気軽に遊びに来るってどういうこと？）

そんな感じで、混乱しているあいだにも彼女達のやりとりは続く。そうしてモニカが呆気に取られているあいだに、彼女達の秘密のお茶会は終わった。


そうして、来客が各々帰った後。

モニカはものすごく警戒した顔でアイリスを見つめていた。

「なにか言いたそうね」

「……いえ、まぁ、はい。アイリス様は一体何者なんですか？」

「貴女も知っているでしょう？　わたくしはこの国の宰相です」

「では、一体なにを考えていらっしゃるんですか？」

「もちろん、この大陸のよりよい未来――ですが、そんなことを聞いている訳じゃないでしょうね。貴女が心配しているのは、ローニア子爵領の行く末、かしら？」

「それは……はい」

　さきほど、アイリス達はかなり物騒な内緒話をしていた。一言で言うのなら、地方の貴族を一網打尽にするような計画だ。それを耳にしてしまったモニカは、ローニア子爵領を始めとした地方の領地がどうなるか気が気じゃない。

「先に誤解を解いておきますが、優秀な領主、誠実な領主をどうにかするつもりはありません。わたくしが問題視しているのは、他人の不幸に付け込んで私腹を肥やす者達ですから」

「ですが……」

　その対象には、ローニア子爵が含まれている。このままでは、祖父や母が守ってきたローニア子爵領がなくなってしまう。復讐のためなら――と思っていたモニカだが、ここに来て気持ちに変化が訪れた。出来ることなら、復讐を果たしながらも、子爵領を守りたい、と。

「アイリス様、提案があります」

「いいでしょう」

「……まだ、なにも言っていませんが」

「ローニア子爵とその夫人の不正を暴く。その手伝いをしたならば、貴女が正当な後継者であることを理由に、次期子爵として貴女を推挙いたしましょう」

「ほ、本当ですか？」

あまりにも都合のいい提案に警戒してしまう。だが、アイリスはモニカの警戒を蹴っ飛ばすかのように「宰相に二言はありません。恋愛ごと以外では」と笑った。

「……分かりました。必ずお役に立ってみせます」

必ずローニア子爵領を取り戻してみせると、モニカは新たな誓いを立てた。

6

自分の有能さを証明し、次期ローニア子爵として推挙してもらう。そのために、モニカはローニア子爵領の視察団の一員として同行することになった。

あくまで視察団に同行するメンバーの一人。アイリスのメイドという立場でありながら、領主として優れていると証明しなくてはいけない。ゆえに、モニカは必死に知恵を絞り出した。

そうして考え付いたのは、視察団がローニア子爵領を訪れるとなると、あの小賢しい継母は必ず警戒して、証拠を隠そうとするだろう——ということである。

ゆえに、その警戒心を解く方法を考え、アイリスに進言した。その上で実行の許可を得て、すぐさまシェラに命令した。「あの女に報告の手紙を送ってちょうだい」と。

「かしこまりました。どのような内容にいたしましょう?」

「私がミスをしてアイリス様の不興を買い、領地に送り返されることになった——と」

「かしこまりました。ではそのように手紙を書きます」

シェラがさっそく行動を開始する。

(これで、あの女は送り返されるであろう私の対応に追われるはずよ)

そうすることで、視察によって麻薬栽培の証拠を押さえるという本来の目的から目を逸らす。それで時間を稼いでいるうちに、視察団が目的を果たす——という算段。

そして数日後。

視察団は、ローニア子爵領に向けて満を持して出発した。

なお、視察団のメンバーは、ゲイル子爵以下、役人が数名。それに護衛の騎士が若干名と、モニカを含む使用人が数名という小規模な部隊である。これは、モニカが進言した案をアイリスが採用した結果、モニカを送り返す一行として視察団であると勘付かれないように偽装しているためである。

そんな一行の、ローニア子爵領へと向かう馬車の中。モニカは向かいの席、モニカの同僚を名乗るメイド服の女性に向かって半眼を向けていた。

「……あの、アイリス様。なぜメイド姿なのですか？」

「モニカ、いまのわたくしはメイドのアニタだと言ったでしょう」

自信満々に言い放つ。アイリスはカツラを被り、化粧で顔の印象を大きく変えている。その外見だけならば、たしかにアイリスだと気付かない者のほうが多いだろう。

だが、さすがに仕えるべき主の顔を見誤ったりはしない。

「まあ……アイリス様がそう仰るのなら、合わせますけど……」

理由は分からないが、なにか意味はあるのだろう。そう思ったモニカはいろいろと呑み込んだ。それよりも不安なことがあるからだ——と、そっと胃の辺りを押さえる。

それを目聡く見つけたアイリスが「どうしました？」と問い掛けてくる。

「いえ、その……今回の視察が上手くいくかな、と。私を送り返すという名目を立てたことで、視察から少しは目を逸らすことは出来るはずですが……」

もしも情報が漏れていたらすべて台無しになる。本来なら、様々な貴族達が一堂に会するあの会議の場では、麻薬の栽培について公言するべきではなかった——というのがモニカの素直な感想である。

（その程度のこと、どうして気付かないんだろう？　アイリス様をすごいと思ったのは買い被りだったの？　もし、視察が失敗したら……）

今回の一件で、モニカは継母や父と明確に敵対することになる。彼らを失脚させられなかった場合、モニカは今度こそ殺されるだろう。もしもあの会議のメンバーに内通者がいたら――と、そんなモニカの不安は的中することとなる。

事件が起きたのは、ハイド伯爵領に立ち寄ったときのことである。

「これは一体、どういうことですか！」

一行はハイド伯爵のお屋敷で一晩過ごし、翌朝にはローニア子爵領へ向けて出発する予定だった。だがハイド伯爵のお抱え騎士達によって、視察団は屋敷から出ることを阻止されてしまったのだ。そうして抗議するゲイル子爵の前に、騎士を連れたハイド伯爵が姿を見せた。

「ハイド伯爵、なぜ我らを閉じ込めるのですか！」

「とんでもない。私は視察団の安全を守っているに過ぎません」

「……守る？　騎士団で囲み、屋敷から出ることを阻止しておきながら、ですか？」

「はい。実は今朝早く、ローニア子爵領へと向かう街道付近に、規模の大きな盗賊団が潜んでいるという情報が入りました。よって、安全を確保するまで、視察団の皆様には屋敷に留まっていただきます」

「しかし、それではローニア子爵が、麻薬栽培の証拠を隠滅してしまうかもしれません。我らも危険は承知の上。護衛を引き連れているので心配には及びません」

ゲイル子爵が押し通ろうとするが、剣を抜いたハイド伯爵の騎士がゲイル子爵の行く手を阻んだ。その物々しい雰囲気の中、ゲイル子爵が怒りを滲ませる。

「どういうおつもりですか。まさか、ローニア子爵が証拠を隠滅する時間を稼ごうというのではないでしょうね⁉」

「そんな、心外ですね。我らは視察団の心配をしているだけですよ」

「では、我らの出立を認めていただきたい」

「さきほども申しましたが、それは出来ません。我が領内にて視察団の皆様になにかあれば、ハイド伯爵家の名折れとなります。ましてや、一行にはアイリス宰相がいるのですから」

――と、彼は迷わず、メイドに扮するアイリスに視線を向けた。

「あら、わたくしに気付いていたのですか？」

「ええ、私にも目と耳はありますから」

アイリスの周辺に間諜《かんちょう》がいるということだ。

「なんでも、そこにいるモニカを送り返す一団――という名目で不意を衝くつもりだったそうですね。その姿は、自分が不在だと思わせる偽装といったところでしょう？」

「あら、よくご存じですわね」

「貴女のメイド、イヴと言いましたか？　彼女はなにかとよくしてくれましたよ」

まさか、イヴ先輩が――と、モニカは目を見張った。

だがアイリスは動じず「それで、なにを仰りたいのですか？」と小首を傾げた。

「いえ、私はただ、我が領内でアイリス宰相閣下になにかあっては困ると申し上げているに過ぎません。街道の安全が確保されるまで屋敷に滞在してください」

ハイド伯爵がそう口にすると同時、彼の騎士が一歩前に出た。従わないのなら暴力も辞さないと言わんばかりの態度を前にゲイル子爵が不満気に問い掛ける。

「……街道の安全が確保されるまで、どのくらい掛かりますか？」

「出来るだけ急ぎますが、おそらくは一週間もあれば解決するでしょう」

「そんなに待っていては、こちらの動きに気付いたローニア子爵が、麻薬栽培の証拠を隠滅してしまうかもしれません！」

「では、出来るだけ急がせると約束しましょう」

急がせるのは街道の安全の確保か、はたまた証拠の隠滅か——ハイド伯爵が静かに笑った。

こうして、視察団はハイド伯爵の屋敷にて足止めを喰らうこととなる。


そうして、モニカは主であるアイリスと同じ部屋に押し込まれた。保護という名目のためか、部屋に見張りはいないが、事実上の軟禁状態である。

(まずいわ。どう考えてもハイド伯爵は父や継母の共犯者よ。このまま手をこまねいていたら、ローニア子爵領でおこなわれた悪事の証拠が消されてしまうわ)

そうなったら、彼らと敵対したモニカは身の破滅である。

「アイリス様、私が屋敷から抜け出して王都に救援を求めます」

モニカは決死の覚悟で申し出た。だが、アイリスは静かに首を横に振る。

「部屋の中でこそ自由を与えられているけれど、部屋から一歩外に出れば見張りがいるでしょう。その包囲網を破って抜け出すのは自殺行為ですよ」

「ですが、このままでは――っ」

声を荒らげようとしたモニカの鼻先に指先を突き付けて制し、アイリスは穏やかに笑う。

「このままでは、ローニア子爵領でおこなわれる悪事の証拠ばかりか、自分が悪事に加担したという証拠も消してしまうでしょうね。少なくともハイド伯爵はそのつもりでしょう」

「それが分かっていて、なぜそんなにも暢気《のんき》にしているのですか」

「心配する必要がないからです。実を言うと、彼のことは最初から疑っていましたから」

「疑って？　ですが……」

それが真実なら、これほどの窮地に立っていないはずだと思った。

「本当ですよ。最初から、彼は地方で発生している様々な問題に関わっているとおぼしき容疑者でした。だからこそ、その是非を問うために重鎮へと招き入れたのです」

アイリスの言葉が本当なら、この状況は彼女の予想通りということになる。だが、この状況は明らかに、相手の術中にはまっている。

「では、どうしてなんの対策も立てなかったのですか？」

「あら、対策を立てていないと、誰が言いましたか？」

「え、それは、どういう……？」

「一つ教えておきましょう。イヴはわたくしを裏切っていません。という訳で、しばしの休暇です。ここ最近は、本当に忙しかったので、たまには休んでもいいでしょう」

アイリスはそう言って茶目っ気たっぷりに笑った。


そうして軟禁生活が五日ほど続いたある日、騎士を引き連れたハイド伯爵が部屋に怒鳴り込んできた。モニカがノックもしないなんてと非難するが、彼は無視してアイリスに詰め寄る。

「アイリス宰相、これは一体どういうことですか!?」

「あら、なんのことを仰っているのですか？」

「とぼけないでいただきたい！　この屋敷を包囲している騎士団のことです！」

「――えっ!?」

モニカが驚きの声を零す。だがアイリスは「それなら、ハイド伯爵領に盗賊が出没していることを聞きつけ、討伐に駆けつけたのでしょう」と事もなげに言った。

「あり得ない。視察団の者は誰一人として外に出していないはずだ！」

「あら、盗賊の件は周知の事実なのでは？」

「――ぐっ」

ハイド伯爵が言葉を詰まらせる。

アイリスの言う通りだ。盗賊が本当に出没しているのなら、屋敷に軟禁されている者達が連絡せずとも、王都に情報が出回っていてもおかしくはない。

つまり――

「まあ、私達の誰かが王都に連絡したと疑いますよね。盗賊の件は作り話なのに、王都から軍が派遣されてきたら、当然」

「な、なんのことやら。私はただ、なんとなくそう思っただけで……」

「そうですか？　まあどっちでもかまいません。どのみち、アルヴィンが騎士を率いてここに来たということは、すべての証拠を集め終わったということですから」

「……は？　アルヴィン将軍だと？　彼は魔物の討伐に向かったはずだ！」

「ええ、その通りですわね。そしてわたくしはこう言いました。地方に巣くう、魔物のようにたちの悪い連中がいる、と」

「まさか、あのときから既に!?　あ、あり得ない。貴様は将軍と仲違いしていたはずだ！」

「ああ、そのように見えるように振る舞ったこともありましたね。自分達の都合しか考えない者達がそこに付け入ろうとするので、敵味方が分かりやすくて大変助かりました」

アイリスは嘲《あざけ》るように笑い「罠に掛かってくれてありがとうございます。貴方はもう終わりです」と挑発する。ハイド伯爵はそれに対し、顔を真っ赤にして激昂《げっこう》した。

「こうなったら、貴様を人質に逃げ延びてやる！　おまえ達、あの女を捕まえろ！」

騎士が抜剣して部屋になだれ込んでくる。モニカは身を固くするが、アイリスはつまらなさそうに肩をすくめ、ぱちんと指を鳴らすと彼女の背後に無数の魔法陣が出現。

いままさに襲い掛からんとしていた騎士達が電撃によって気絶する。

「な、ななななっ」

「ハイド伯爵、この国の宰相であるわたくしに危害を加えようとした罪で拘束します。というか、こんなに簡単に馬脚を現すなんて……楽でいいですけど」

アイリスは溜め息を吐いて、腰を抜かしているハイド伯爵を拘束した。そうして「時は熟しました！」と叫べば、別室に軟禁されていた護衛の騎士が飛び出してくる。

無論、屋敷にはハイド伯爵に仕える騎士が多くいたのだが――

「ハイド伯爵は反逆の容疑にて拘束、あなた達は包囲されています。無駄な抵抗はやめて、投降なさい」

そう告げたアイリスの言葉に従い、ハイド伯爵の騎士達は武装を解除した。


こうして、ハイド伯爵が馬脚を現してからはあっという間に事が進んだ。

アルヴィン将軍は、既にローニア子爵領でおこなわれた悪事の証拠はもちろん、その一件にハイド伯爵が関わっていた証拠も押さえていた。

とはいえ、その裁判はこれから。現時点でハイド伯爵は容疑者に過ぎないのだが、彼はアイリスを人質に取ろうとした現行犯として拘束されている。

もちろん、ローニア子爵とその夫人も拘束済みである。

二人のあいだに生まれた息子はまだ幼く、悪事には加担していないという判断で保護されることとなったが、夫婦は揃って、判決が出るまで牢に監禁されることとなった。

その事実を知ったモニカはアイリスに願い出て、格子越しに牢に入れられた二人と面会する。

意気消沈していた二人だが、モニカを見た瞬間に格子に飛びついた。

「モ、モニカ、私の娘！　助けに来てくれたのだな！」

「モニカ、私の娘！　助けてちょうだい、これはすべて誤解なのよ！」

実際に面会するまで、モニカの心のうちには様々な感情が入り乱れていた。だが、こうして自分に縋る二人を見た瞬間に心が冷えていくのを自覚する。

「お父様、お義母様、今日はお別れを言いに来ました」

「な、なにを言っているんだ？」

「そうよ、早くここから出してちょうだい！」

「……なにを言っているのか聞きたいのは私のほうです。いままで、私にした仕打ちを忘れたのですか？　私に毒まで盛っておいて、よくそのようなことを言えますね」

モニカがそう口にした瞬間、継母は目を逸らすが、父親は目を見張った。

（あぁ……毒を盛ったのはこの女の独断だったんだ。……だからって、私を放置したお父様を許したいなんて思わないけど）

いまになってはどうでもいいことだと目を伏せる。

「一つだけ確認させてください。お祖父様とお母様は本当に事故死ですか？」

「あ、当たり前じゃないか。おまえはなにを言っているんだ！」

「そうよ。そんな恐ろしいこと、考えるはずがないでしょう！」

二人は必死になって否定する。さきほどと違い、今度は心底否定しているように見える。あくまで、そう見えるというだけで、それが真実かどうかは分からないけれど――

（本当に今更だね。どうせ二人の運命は変わらないんだから）

麻薬の栽培は重罪だ。領主が主導でおこなったこととなれば、国家反逆罪が適用されるレベルである。他にも余罪があるようだし、二人が陽の下に出られることはないだろう。

「さようなら。もう二度と会うことはないでしょう」

ここにモニカの復讐は果たされた。

だけど、彼女の心は思ったより晴れなかった。

面会を終えると、モニカはアイリスに呼び出された。その命に従い、すぐにアイリスの部屋へと馳せ参じると、彼女はモニカを笑顔で出迎えてくれた。

「お疲れ様、モニカ。貴女が案をくれたおかげで、わたくしの計画からハイド伯爵の目を逸らすことが出来ました。今回の一件がスムーズに解決したのは貴女のおかげよ」

アイリスから労《ねぎら》いの言葉を掛けられた。だが、モニカの心はやはり晴れなかった。なぜかと考えた彼女は、ほどなくしてその理由に思い至った。

「アイリス様、私はハイド伯爵の罠を見抜けませんでした。これでは、自分の能力を証明できたとは言えません」

「……だとしたら、貴女を次のローニア子爵に推挙できないけれど、いまの言葉は本気で言っているのかしら？」

モニカが己の能力を証明すれば、アイリスが次のローニア子爵としてモニカを推挙してくれる約束だった。そのことを示唆されても、モニカはこくりと頷く。

「いままでの私は、自分なら子爵領を切り盛りできると思っていました。でも今回の一件で、自分の未熟さを痛感しました。私は子爵に相応しくありません」

「そうですね。たしかにいまの貴女は未熟です。でも、足りないことを自覚したのなら、これから学んでいけばいいではありませんか」

「それは、どういう意味でしょう？」

「ローニア子爵領には領主代行を用意します。だから貴女が子爵になるか、それとも能力のある婿養子を迎えるか、ゆっくりと決めなさい」

「……よろしいのですか？」

「かまいませんよ。本来なら、罪を犯した子爵の娘である貴女が跡を継ぐことを快く思わない人もいるでしょう。ですが、貴女は皆の前で己の潔白を証明しましたから」

なんのことか考えたのは一瞬。すぐに、国の重鎮達が集まる会議の場で、アイリスに話を合わせ、実家で麻薬の栽培がおこなわれていると告発したことを思い出す。

「まさか、あの場で私に発言させたのはこうなることを予想して……」

モニカの問い掛けには答えず、アイリスは静かに笑った。

（敵《かな》わないなぁ……）

自分とあまりに違いすぎる。だが、だからこそ、こう思った。メイドとして彼女の側で学べば、いつか子爵に相応しい人物へと成長できるかもしれない、と。

「アイリス様、お願いがあります」

「いいでしょう」

「まだなにも言ってませんが」

「わたくしの下で学びたいのでしょう？　子爵になれるように」

「……その通りです。聞き入れていただけますか？」

「もちろん、歓迎いたしますよ」

こうして、モニカはアイリスのメイド兼秘書として、イヴやネイトと共に本格的に働くこととなる。最初は未熟だった彼女だが、徐々にその才覚を開花させ、やがてはローニア子爵の地位に就き、名領主としてその名を轟《とどろ》かせることになるのだが……それはまた別の話である。

書き下ろし
番外編

エピローグ
アイリスの新しい日常

「まったく、おまえは大人しく待っていることも出来ないのか？」

ここは王城にあるアイリスの私室。ソファに腰掛けるアイリスの背後、その後ろ側からアイリスの髪に触れているのはアルヴィン将軍である。

「……アルヴィン、わたくしの髪で遊ぶのは止めてください」

「なにを言う。俺が遊んでいるのはアイリスだ。髪だけではないぞ」

「ぶっとばしますよ」

そう言いながらも、ティーカップを片手にくつろぐアイリスは慣れたものである。部屋の隅に控えるモニカが百面相をしているが、そちらはもう少し慣れて欲しいものである。

それはともかく——と、アイリスはもともとの話題に話を戻す。

「魔物退治は貴方が。調査はわたくしがおこなうと、最初から言っていたではありませんか」

「……挑発して相手に手を出させ、強制的に犯行の証拠を押さえるのを調査とは言わぬ」

「ですが、手間は省けたでしょう？」

ハイド伯爵は魔物が出没する地方の貴族を食い物にしていた。平和ながらも特産品のない地方の弱小貴族に麻薬の栽培をおこなわせ、魔物の被害が大きい領地で売りさばかせていたのだ。

それも、食糧の支援を隠れ蓑に、である。

その上、ハイド伯爵はあくまでも命じるだけで自らの手は汚さない。実行犯を捕まえるだけの証拠は押さえていても、彼が黒幕であるという証拠はなかなか手に入らなかった。

アルヴィン将軍は一つずつ潰していくつもりだったのだが、アイリスは自分を囮《おとり》にすることで、一気に黒幕の首を取った——という訳である。

そのおかげもあって、キーリー子爵のような、中央に助けを求めていた地方貴族にも手を差し伸べることが出来た。

「手間を嫌って危ないことをするな、と言っているんだがな」

「あら、わたくしを誰だと思っているのですか？」

「俺の婚約者だ」

「——っ」

予想外の返しにアイリスは目を見張った。

「第一、そんな危ないことばかりしていると、フィオナがまた拗ねるぞ？」

「……し、仕方ありませんね。次からはもう少し自重します」

あっさりと前言を翻すアイリス。アルヴィン将軍の会心の返しよりも愛らしい反応を見せる婚約者を前に、さしものアルヴィン将軍も溜め息を吐いた。

「おまえは本当に、フィオナが好きなのだな」

「ええ、アルヴィンよりも好きですよ」

「ほう？　つまり、俺のこともそれなりに好きということか？」

「——っ、う、うるさいですね、ぶっとばしますよ！」

自分の背後、アルヴィン将軍の顔があるであろう辺りに掌底を突き上げる。だが、予想していたアルヴィン将軍にひょいと躱され、その腕を取られてしまった。

「少しは可愛らしい反応をするようになったじゃないか」

背後から捕らわれたアイリスの頬に、アルヴィン将軍の息が掛かる。頬をほのかに赤く染めたアイリスは、けれど強気な表情を浮かべ、肩越しにアルヴィン将軍の顔を見上げた。

「わたくしが心配なら、次からはもう少し早く来ることですね」

「……ふっ、そうか。俺が遅かったと言い張るか。いいだろう。なら次はもっと早く駆けつけてやる。だから次はお姫様のように大人しくしていろ」

「ええ、期待していますよ、わたくしの婚約者様」

二人が視線を合わせ、影がゆっくりと近付いていく。

部屋の隅に控えていたモニカ達はそっと視線を逸らした。

あとがき

『悪役令嬢のお気に入り　王子……邪魔っ』の五巻を手に取っていただきありがとうございます。著者の緋色の雨でございます。

まずは、ここまでお付き合いくださった皆様に深い感謝を。


という訳で完結です。五巻で終わってしまい残念な気持ちもありますが、それはそれ。約二年間、五巻までお付き合いくださった方々、本当にありがとうございます。

とはいえ、コミカライズのほうはまだまだ続く予定ですので、しいなみなみ先生が描くアイリス達の物語、これからもよろしくお願いします。

また、本編はこれで完結になりますが、彼女達の人生はこれからも続きます。また機会があれば、彼女達の日々を語れたらな……と思っています。

そして、緋色の雨の作者としての人生も続きます（笑）

先月から新シリーズとなる『大正浪漫に異世界聖女　私は巫女じゃありません！』を同レーベルより発売しています。

イラストレーターは今作と同じ史歩様で、引き続き美麗イラストを描いてくださっていますので、よろしければお手に取ってみてください。

また、タイトル未定の現代悪役令嬢モノも、同社の新レーベル・PASH!文庫で近日発売予定となっています。こちらも併せてよろしくお願いします。

詳細が気になる方は、緋色の雨のTwitterをご覧いただければ幸いです。


最後になりましたが、皆様に感謝を。

まずは、イラストレーターの史歩様。最後まで綺麗なイラストを描いてくださって、本当にありがとうございました。『大正浪漫に異世界聖女』など、今後ともよろしくお願いします。

続いて担当の黒田様、並びにサブ担当の髙栁様、今作をここまで導いてくださってありがとうございました。別作品でも何卒よろしくお願いします。

また、ここまでお付き合いくださった読者の皆様、あらためてありがとうございます！

その他、今作に関わったすべてのみなさんにも感謝を言わせてください。

二年間、本当にありがとうございました。

それでは、また何処かで会えると嬉しいです！

三月某日　緋色の雨

ワケあって、変装して学園に潜入しています

著 林檎　イラスト 彩月つかさ

セシアは怠惰なお嬢様の替え玉として学園に通う、子爵家の下働き。無事に卒業できれば一生暮らしていけるだけの報酬が待っているとあって、学園では令嬢達のぬるいイジメをかわし、屋敷ではこき使われる生活を送っていたが、卒業直前になって報酬がゼロになる罠にハマってしまう。絶対に仕返ししてやるとセシアが息巻いていると突然「仕返しをするなら手伝うぞ」と面識もない第二王子が現れて!?　徹底抗戦を信条とするド根性ヒロインと、国のために命をかける悪童王子の、一筋縄ではいかないガチンコ恋物語！

王太子に婚約破棄されたので、もうバカのふりはやめようと思います

著 狭山ひびき　イラスト 硝音あや

突然城に呼び出されたオリヴィアは「教養がない」ことを理由に婚約破棄を告げられて、唖然とした。視線の先では婚約者であった王太子アランが、伯爵令嬢ティアナとともに立っている。オリヴィアに「バカのふりをしろ」と言ったのはアランなのに、過去に自分が何を命じたか忘れてしまったのかしら。あきれて婚約破棄を受け入れたオリヴィアの前に、颯爽と現れたのは第二王子サイラス。婚約破棄の衝撃も冷めやらぬ大勢の聴衆を前に、彼は突然求婚してきて!?　状況が把握できないオリヴィアだが、これだけは言える。殿下、わたし、もうバカのふりはしなくてよろしいですわね？

婚約破棄だ、発情聖女。

著 まえばる蒔乃　イラスト ウエハラ蜂

魔物討伐前線の唯一の聖女として働くモニカはその聖女力の強さから王太子の婚約者に選ばれた。しかし彼女の力は、かけられた者が発情してしまうという厄介なオマケ付き。それを知った王太子は「発情聖女！」と罵り婚約破棄、国中に発情聖女の報が飛び交う。途方にくれるモニカに声をかけたのは、前線仲間のリチャードだった。「僕の国に来ない？　兄貴夫婦が不妊で、聖女さんが必要なんだ」……モニカはまだ気づいていない。彼が皇弟であることを。そして兄貴夫婦とはもちろん——！

URL https://pashbooks.jp/
Twitter @pashbooks

パッシュブックス
PASH! BOOKS

この本を読んでのご意見・ご感想・ファンレターをお待ちしております。
〈宛先〉　〒104-8357　東京都中央区京橋3-5-7
（株）主婦と生活社　PASH！ブックス編集部
「緋色の雨先生」係
※本書は「小説家になろう」（https://syosetu.com）に掲載されていたものを、改稿のうえ書籍化したものです。
※この作品はフィクションであり、実在の人物・団体・法律・事件などとは一切関係ありません。

PASH!ブックス

悪役令嬢のお気に入り　王子……邪魔っ5
2023年3月13日　1刷発行

著者　緋色の雨
編集人　春名 衛
発行人　倉次辰男
発行所　株式会社主婦と生活社
〒104-8357　東京都中央区京橋3-5-7
03-3563-5315（編集）
03-3563-5121（販売）
03-3563-5125（生産）
ホームページ　https://www.shufu.co.jp
製版所　株式会社二葉企画
印刷所　大日本印刷株式会社
製本所　下津製本株式会社
イラスト　史歩
デザイン　井上南子
編集　黒田可菜、髙栁成美

　ISBN978-4-391-15952-3